欧阳修诗词集

【宋】欧阳修 / 著
张圆圆 / 编著

江苏凤凰文艺出版社
JIANGSU PHOENIX LITERATURE AND ART PUBLISHING

图书在版编目（CIP）数据

欧阳修诗词集 / (宋) 欧阳修著；张圆圆编著. --
南京：江苏凤凰文艺出版社，2020.8
(中国诗词大家系列丛书)
ISBN 978-7-5594-5079-1

Ⅰ. ①欧… Ⅱ. ①欧… ②张… Ⅲ. ①宋诗－诗集②宋词－选集 Ⅳ. ①I222

中国版本图书馆 CIP 数据核字 (2020) 第 153707 号

欧阳修诗词集

[宋] 欧阳修 著 张圆圆 编著

总 策 划 慧源通
总 编 辑 徐运全
责任编辑 王昕宁
特约编辑 陈长元
责任校对 张伟娜
装帧设计 李志雪
出版发行 江苏凤凰文艺出版社
南京市中央路165号，邮编：210009
网 址 http://www.jswenyi.com
印 刷 嘉业印刷（天津）有限公司
开 本 880×1230毫米 1/32
印 张 8
字 数 160千字
版 次 2020年8月第1版
印 次 2020年8月第1次印刷
书 号 ISBN 978-7-5594-5079-1
定 价 36.80元

前　言

欧阳修（1007 年— 1072 年），字永叔，号醉翁，晚号六一居士，吉州永丰（今江西省吉安市永丰县）人，北宋政治家、文学家。欧阳修不仅在政治上享有盛名，而且是宋代文学史上最早开创一代文风的文坛领袖，他领导了北宋诗文革新运动，继承并发展了韩愈的古文理论，他的散文创作成就与其倡导的古文理论相辅相成，从而开创了新一代的文风，成为北宋公认的文坛宗师。

欧阳修在变革文风的同时，也对诗风、词风进行了革新，在史学方面，也有较高成就，他曾主修《新唐书》，并独撰《新五代史》，有《欧阳文忠集》传世。他的记叙文言之有物，如《五代史记》；即使是亭台记、哀祭文、碑志文等作品，也都具有充实的内容，如《丰乐亭记》中，不仅对滁州历史故事、地理环境作详细描述，而且对其风土人情都作了细致的描写。又如《卖油翁》，以寓言故事讲述人生哲理，尤其是细节描写上细腻而逼真，栩栩如生，为宋代文化的繁荣作出巨大贡献。

欧阳修的散文有很强的感情色彩。他的政治论文慷慨陈词，感情激越；史论文则低回往复，感慨淋漓；其他散文更加注重抒情，哀乐由衷，情文并至，使散文的叙事、议论、抒情三种功能得到了高度的有机融合。欧阳修在诗歌创作方面，也有自己显著的特色，他极其推崇韩愈的诗歌，并提出了“诗穷而后工”的诗歌理论。相对于西昆诗人的主张，欧阳修的诗论无疑含有重视生活内容的精神，因此他的诗歌创作是以扭转西昆体脱离现实的不良倾向为指导思想的，体现出宋代诗人对矫正晚唐五代诗风的觉悟，反映在他的诗歌作品中，主要是表现在他的一些以社会现实为题材的作品，如《食糟民》揭露了种粮的农民只能以酒糟充饥的不合理现实；《边户》描写了宋辽边境地区人民的不幸遭遇，所表露的为政思想可以说是其从政的重要准则，这在封建社会是难能可贵的品质。

欧阳修对文与道的关系持有新的观点。首先，欧阳修认为儒家之道是与现实生活密切相关的。其次，欧阳修文道并重。此外，他还认为文具有独立的性质。这种文道并重的思想，一是把文学看得与道同样重要，二是把文学的艺术形式看得与思想内容同样重要，这无疑大大地提高了文学的地位，是对韩愈文学观的继承和发展。同时，欧阳修对骈体文的艺术成就并不一概否定，对杨亿等人“雄文博学，笔力有余”也颇为赞赏，从而为北宋的诗文革新树立了正确的指导思想，也为宋代古文的发展开辟了广阔的前景。

为满足广大读者对欧阳修一生具代表性作品的阅读与鉴赏，我们精心编写了这本《欧阳修诗词集》，收录了欧阳修不同时期的诗、词、文，并附《欧阳修大事记》。在编写体例上，我们集众家之长，扬独家之见，辟“原文”“注释”“译文”“创作背景”“赏析”和“轶闻异物录”六个栏目，以满足读者需求。

本书秉承忠实原著的思想，在“原文”“注释”“创作背景”板块中力求翔实，对有争议的原文、注解或创作年代，我们也在精心考证后作出综合分析、研判，给出较符合史实及作品内容的说法，同时会附上争议者的观点，供大家参考；在“译文”“赏析”和“轶闻异物录”板块中，我们在力求翔实的基础上，给出了编著者个人或集体的思想和看法，而且在赏析过程中，我们力求挖掘原著中的美学价值和其宝贵的艺术价值、思想价值，力求客观地呈现给读者一篇艺术再创作的美文。

本书在编写过程中，参考了上海辞书出版社 2013 年 8 月第一版的《宋词鉴赏辞典》（新一版）。

由于编著者的能力所限，本书在编写过程中难免存在差错或遗漏，敬请广大读者批评指正。

鉴于部分作品的作者暂无法取得联系，请作者自行与本书发行单位联系，获取稿酬。

目　录

渔家傲[①]·暖日迟迟[②]花袅袅[③]

暖日迟迟花袅袅（niǎo），人将[④]红粉[⑤]争[⑥]花好，花不能言惟解笑，金壶倒，花开未老人年少。

车马九门[⑦]来扰扰[⑧]，行人莫羡长安道[⑨]；丹禁[⑩]漏声衢（qú）鼓[⑪]报，催昏晓，长安城里人先老[⑫]。

◎注释

①渔家傲：词牌名。又名吴门柳、忍辱仙人、荆溪咏、游仙关。双调六十二字，前后阕相同，仄韵。

②暖日迟迟：指春天天气渐暖，白天渐长。迟迟：舒缓的样子。

③袅袅：纤长柔弱。

④将：带领。

⑤红粉：女性化妆用的脂粉，此代指美女。

⑥争：争胜。

⑦九门：一般指都城的城门，因为天子所居的地方有九门。这里代指京城。

⑧扰扰：纷乱的样子。

⑨长安道：这里指北宋都城汴京（今河南开封）的街道。

⑩丹禁：帝王所居的宫禁，用红色涂墙，所以称丹禁。

⑪衢鼓：指街上的更鼓，唐宋时悬于街头，每天有人按时击鼓报时，以戒出入，防盗贼。

⑫长安城里人先老：化用白居易《长安道》诗意："君不见，外州客，长安道，一回来，一回老。"

◎译文

又是一年春来迟，天气在一天天渐渐变暖，盛开的花儿开始吐露芬芳。踏青的青年带着姑娘春游赏花，而姑娘的美丽堪与花争艳。其实花儿美，人儿更美，只是"花不能言"。

金壶斟酒，畅饮开怀，趁着花开时分，趁着年少，尽情享受着人生的快乐。

京城里往来的商旅，络绎不绝，可谓车水马龙，但游人不要羡慕京城里的这些繁华热闹。因为这里的每一天都会从紫禁城里传来击鼓报时的钟声和铜壶滴漏的声音，那钟声就像在“催”着日出日落一样，京城的人们都是这样被催得未老先衰了。

◎创作背景

这首词约作于宋仁宗嘉祐五年至宋英宗治平四年（1060 年—1067 年），词人在朝任参知政事其间，具体创作时间不详。其间欧阳修上表请求外任，不准。后因被蒋之奇等诬谤，多次辞职，都未得允准。年老衰弱，尽不如意，于是作此词感叹春光易逝人易老，劝人珍惜青春韶华。欧阳修现存词作中，《渔家傲》多达四十七首，这是其中之一。

◎赏析

这首词以轻快的笔调描写了青年男女暖日游春的快乐与浪漫，同时又以沉重之笔描写了京城繁华纷扰的景象，感叹人生易老，提醒人们珍惜青春韶华之年的美好生活。

“暖日迟迟花袅袅”，以春回大地、万象更新的景象引出下面春游场面。

“人将红粉争花好”，描写京城外，踏青的姑娘浓妆艳抹去游春赏花，想要与花争艳。这里将年轻少女的心写得灵动而婉转。

“花不能言惟解笑”，借花喻人。花儿不会说话，只好任凭人们品评，而她绽开的花瓣，恰似美人的笑靥。

“金壶倒，花开未老人年少”，既是词人对当时春游畅饮

场面的描写，也是词人的人生感怀。“金壶倒”说明游春的人们正值青春少年，面对春花绽放的大好时光，畅饮开怀，享受着人生的快乐。“花开未老”劝说人们当珍惜人生中的美好时光，不要辜负了花开年少，不要辜负了似锦年华。

“车马九门来扰扰，行人莫羡长安道”，转笔写京城的纷纷扰扰，说明作者已经十分厌倦这样的繁华热闹。

“丹禁漏声衢鼓报，催昏晓”，直抒胸臆，感叹时光易逝。“催”让词人深刻体会到时间在无情地流逝着，伤时伤逝之感油然而生。

“长安城里人先老”，既是深沉慨叹着那些为名为利在京城奔波的“行人”，也饱含着词人对自己几经宦海沉浮，如今虽然身居高位却是白发早生、体衰多病的人生感慨。

全词语言晓畅，上下阕对比鲜明，语言精练有力，意象深刻。

◎轶闻异物录

鼓的历史

鼓是我国传统的打击乐器，按《礼记·明堂位》的记载，在很早的传说中，“伊耆氏”之时就已有“土鼓”，即陶土做成的鼓。由于鼓有良好的共鸣作用，声音激越雄壮且传声很远，所以很早就被华夏祖先作为军队上阵助威之用。相传黄帝征服蚩尤的涿鹿之战中，“黄帝杀夔，以其皮为鼓，声闻五百”（见《太平御览》卷五八二引《帝王世纪》）。

在远古时期，鼓被尊奉为通天的神器，不仅用于祭祀、乐舞，它还用于打击敌人、驱除猛兽，并且是报时、报警的工具。

上古时代的战鼓，是用鳄鱼皮制成，取鳄鱼的凶猛习性以壮鼓声。周代，专门设置了“鼓人”来管理鼓制、击鼓等事，这些鼓以后发展为各种规格的战鼓，在军事上得到普遍的运用。

渔家傲·近日门前溪水涨

近日门前溪水涨，郎船几度[①]偷相访，船小难开红斗（dǒu）帐[②]，无计向[③]，合欢[④]影里空惆怅[⑤]。

愿妾身为红菡（hàn）萏[⑥]（dàn），年年生在秋江上；重愿郎为花底浪，无隔障[⑦]，随风逐雨长来往。

◎注释

①几度：虚指，几次、好几次的意思。

②斗帐：一种形如覆斗的小帐子。《释名·释床帐》："小帐曰斗帐，形如覆斗也。"

③无计向：形容无可奈何的样子。向：语助词。

④合欢：合欢莲，即双头莲，又名同心莲，指并蒂而开的莲花。

⑤惆怅：因失意或失望而伤感、懊恼。

⑥菡萏：指荷花，莲花。

⑦隔障：隔阂和障碍。

◎译文

这些天门前溪水涨高，情郎几次偷偷来相访，可惜船小无法挂上红斗帐，无可奈何啊，只能对着并蒂莲发出长长的叹息。

期望妾身成为那红芙蓉，年年长在秋江上，更希望郎是花下的轻浪，没有障碍和阻挡，无论风雨，随时都可以来我这里。

◎创作背景

这首词具体创作时间不详，据词意来看，当是在夏季的雨后，作者偶遇满池莲花，思及红颜，即兴而作。

◎赏析

这首词以莲塘秋江为背景，通过描写门前溪水涨满，方便行船，相恋的少男少女才得以相见，表现出水乡女子对爱情的追求与向往之情。

“近日门前溪水涨，郎船几度偷相访”，写这些天溪水涨满，情郎趁水涨驾船相访。男女主人公隔溪而居，平常大约很少有见面的机会，所以要趁水涨相访。“几度”，说明双方相爱之深；“偷相访”，则反映出他们是秘密相爱。这涨满的溪水，既是双方会面的便利条件，也似乎象征着双方涨满的情愫。

“船小难开红斗帐，无计向，合欢影里空惆怅”，写不得好合的惆怅，“难”“无计”“空”重叠反复，表达惆怅的深重，物我对照，将男女主人公对影伤神的情态生动地表现了出来。“红斗帐”，在古诗词中经常喻指男女好合。

“愿妾身为红菡萏，年年生在秋江上”，承上面对秋江中因浪随风摇曳生姿的红莲花，女主人公不禁产生这样的痴想：希望自己化身为眼前那艳丽的芙蓉，年年岁岁托身于秋江上。

“重愿郎为花底浪，无隔障，随风逐雨长来往”，希望情郎化身为花底的轻浪，与红莲紧密相依，没有障隔，在雨丝风浪中长相厮守。用“红菡萏”和“花底浪”来比喻情人间亲密相依的关系，比得奇巧妙合，堪称作者一大创造。其妙处在于即景取喻，托物寓情，融写景、抒情、比兴、想象为一体，显得新颖活泼，深带民歌风味。

整首词运用了一连串的设喻，即景取譬，托物寓情，融写景、抒情、比兴于一体，使词的风格由深婉含蓄变为清新活泼、与众不同。

◎轶闻异物录

荷花的发展

自前 11 世纪起，中国开始进入周朝。荷花也在这一时期从湖畔沼泽的野生状态走进了田间池塘。

前 221 年秦始皇统一中国，结束了混战局面。在这个统一大帝国里，荷花文化得到了全面发展，逐步渗透到农业、经济、医学、宗教、艺术等各个领域。

汉朝是中国农业空前发展的一个时期，荷花的栽培技术有了很大的发展。汉以前，中国的荷花品种均是单瓣型的红莲。到了魏晋，出现了重瓣荷花。西汉开始，中国的官私营商业迅速发展，丰富了各地区的商品种类，对荷花的传播分布有着重要意义。

北魏贾思勰的《齐民要术》记有“种藕法”,又有“种莲子法”,可见，南北朝时期的中原地区荷花的栽培技术已经相当高超了。

隋唐以后，荷花的栽培技艺进一步提高，有关荷花的诗词、绘画、雕塑、工艺等荷文化内容更加丰富多彩；在饮食文化中，荷花已进一步成为人们养生保健的名贵补品。尤其是经过贞观之治后，荷花的应用越来越广泛，成为工艺美术家创作的灵感来源。

玉楼春[①]·尊前[②]拟[③]把归期说

尊前拟把归期说，欲语春容[④]先惨咽。人生自是有情痴，此恨不关风与月。

离歌[⑤]且莫翻新阕[⑥]，一曲能教肠寸结[⑦]。直须看尽洛城花[⑧]，始共春风容易别。

◎注释

① 玉楼春：词牌名。又称木兰花、春晓曲、西湖曲、惜春容、归朝欢令等。双调五十六字，前后阕格式相同，各三仄韵，一韵到底。

② 尊前：指饯行的酒席前。尊：同"樽"，古代的盛酒器具。

③ 拟：打算。

④ 春容：形容如春风般妩媚的颜容。此指别离的佳人。

⑤ 离歌：指饯别宴前唱的送别曲。

⑥ 翻新阕：按旧曲填新词。白居易《杨柳枝》："古歌旧曲君莫听，听取新翻杨柳枝。"阕：乐曲终止。

⑦ 肠寸结：愁肠寸寸郁结，形容极度悲伤。

⑧ 洛城花：指洛阳的牡丹花。

◎译文

宴席前打算把归期说定，可欲说时佳人无语滴泪，如春风妩媚的娇容，此时凄哀低咽。人生自是有情，情到深处痴绝，这离愁别恨无关楼头的清风，中天的明月。

饯别的酒宴前，不要再演唱新的一阕，清歌一曲已让人愁肠寸寸郁结。此时只需要你与我携手同游，把满城牡丹看尽，这样才会少些滞重的伤感，才能淡然无憾地与归去的春风辞别。

◎创作背景

宋仁宗景祐元年（1034 年）春三月，欧阳修西京留守推官任期已满，离别洛阳时作《玉楼春》词多首，此首道离情，当作于离筵上，词咏叹离别，于伤别中蕴含平易而深刻的人生体验。欧阳修是北宋一代名臣，除德业文章外也常填写温婉小词，这些抒写性情的小词，往往于不经意之中流露出自己的心性襟怀。

◎赏析

这首词通过描述相爱男女分别的情景与感悟，表达了作者的不忍离别却又不得不离别的惆怅。

“尊前拟把归期说，欲语春容先惨咽”，表面上看来仅是对眼前情事的直接叙写，但在其遣词造句的选择与结构之间，于无意间又显示出一种独具的意境。“尊前”表明这是一个欢乐的场合。“春容”代表着席间美丽的人物，因为此时“尊前”所要述说的是离别的“归期”，于是“尊前”的欢乐与“春容”的美丽，演变而为伤心的“惨咽”。这种转变与对比间，隐然见出词人对美好事物的爱赏与对人世无常的悲慨两种情绪以及在相对比之中所形成的一种张力。再就此二句叙写的口吻而言，作者在“归期说”之前，所用的乃是“拟把”两个字；而“春容”“惨咽”之前，所用的则是“欲语”两个字。此词表面似乎是重复，然而其间却实含有两个不同的层次，“拟把”仍只是心中之想，而“欲语”则已是张口欲言的状态。二句连言，反而更见出对于指向离别的“归期”，有多少不忍念及和不忍道出的婉转的深情。

“人生自是有情痴，此恨不关风与月”，由前两句所写的眼前情事，转入了一种理念上的反省和思考，把对于眼前一件情事的感受，推广到了对于整个人世的认知。虽是理念上的思索和反省，却透过深情的难解，与“尊前”“欲语”的离情暗相呼应。

“离歌且莫翻新阕，一曲能教肠寸结”，由理念中的情痴重新返回到上片的樽前话别的情事。“离歌”指樽前所演唱的离别的歌曲，在离别的时候平常爱听的曲调也变成了让人忧伤的离歌。“翻新阕”，词人在《采桑子》组词的《西湖念语》中也说“因翻旧阕之词，写以新声之调”。“且莫”二字的劝阻叮咛恳切，足以反衬后句“肠寸结”的哀痛伤心。

“直须看尽洛城花，始共春风容易别”，急转直变，说出要畅游洛阳观赏牡丹的豪言壮语。“洛城花”和“看尽”“直须”和“始共”等口吻极为豪宕有力，“春风”和“别”在豪宕之中又隐含了沉重的悲慨。

整首词结构精巧，文笔简练，笔墨间无处不透出离别的忧思伤感，明明蕴含有很深重的离别哀伤与春归惆怅，然而结尾却偏偏写出了如此豪宕的句子，让我们不觉感同身受作者的苦中作乐，痛苦却故作豪迈的无奈心酸。

◎轶闻异物录

古代西京

西安，简称镐，民国时期简称安，旧称长安、京兆。位于中国内陆腹地，一个典型的放射型城市。古代丝绸之路东方起点和隋唐大运河起点，是中国历史上建都时间最长的古都。与北京、洛阳、南京并称为中国四大古都。

25 年，西汉皇族刘秀称帝，建都洛阳，东汉王朝建立。由于刘秀以西汉的继承人自居，在洛阳成为国都的情况下，改西汉旧都长安为西京。当时的长安被称为“西京”“西都”，东汉末年长时期军阀混战，后魏蜀吴三国鼎立局面出现。北方的曹魏政权是接受东汉所谓的“禅让”而建立的，以正统相标榜，洛阳成为新的王朝的国都，而长安则再次

扮演了陪都的角色。十六国时期，前赵、前秦和后秦三个割据政权先后以长安为国都,后赵和大夏则以长安为陪都。后赵政权建都于襄国(河北邢台)，后迁都于邺，在都邺其间建立了长安和洛阳两个陪都。

从西周建都镐京到904年，长安不间断地作为都城。907年唐朝灭亡。朱温建立了后梁政权，中国历史进入五代十国时期。李存勖以为唐朝复仇相号召，在政治上取得了主动。同年十月，唐军击败后梁主力，攻占开封，年底宣布洛阳为国都，号为洛京。为了给唐朝旧都长安应有的地位和尊重，李存勖以长安为陪都，称之为西京。

生查子·元夕[1]

去年元夜时，花市[2]灯如昼[3]。月上[4]柳梢头，人约黄昏后。

今年元夜时，月与灯依旧。不见[5]去年人，泪湿[6]春衫[7]袖。

◎注释

①元夕：元宵之夜。农历正月十五元夜，又称上元节、灯节。中国农历节日之一。北宋时从十四到十六三天，开宵禁，游灯街花市，通宵歌舞，盛况空前，也是年轻人密约幽会、谈情说爱的好机会。

②花市：民俗每年春时举行的卖花、赏花的集市。

③灯如昼：灯火像白天一样。

④月上：一作"月到"。

⑤见：看见。

⑥泪湿：一作"泪满"。形容人极度惆怅伤感。

⑦春衫：指年少时穿的衣服，也指代年轻时的自己。

◎译文

去年正月十五的元宵节，花市的灯光明亮如同白天。月儿升起在柳树梢头，你我相约黄昏以后同叙衷肠。

今年正月十五元宵节，月光与灯光依然同去年一样。可再也看不到去年的故人，泪珠儿不觉湿透了衣裳。

◎创作背景

这首词写于宋仁宗景祐三年（1036年），词人怀念他的第二任妻子杨氏夫人所作。杨氏是谏议大夫杨大雅的女儿，欧阳修与她成婚不久，杨氏就因病故去，那时候才十八岁。欧阳修对其念念不忘，在元宵节睹物思人，写下这首情调哀婉的词。

◎赏析

这首词用“去年元夜”与“今年元夜”两幅元夜图景，展现相同节日里的不同情思，将不同时空的场景贯穿起来，写出一位女子悲戚的爱情故事。

“去年元夜时，花市灯如昼”，开头回忆了去年元宵节的景象。“灯如昼”，夜晚灯火通明得像白天一样，描绘了元宵节人多热闹的情况，没有太多修饰却能让读者脑海出现一派繁华街景。

“月上柳梢头，人约黄昏后”，描写了元宵节其间情人们约会的场景。通过对月儿、柳梢、黄昏等周围环境的描写使约会显得更加浪漫静谧。

“今年元夜时，月与灯依旧”，将“今年”与“去年”的元宵节景色作对比，把“元夜”“灯”予以强调，为下面怀人作铺垫。

“不见去年人，泪湿春衫袖”，运用今昔对比、抚今追昔的手法，巧妙地抒写了物是人非、不堪回首的感受。对应上阕从中显示了“人”的有无、去留的天差地别及感情上由欢愉转入忧伤的大起大落，造成强烈的对比，表现了主人公对往事的怀念，对“去年人”的思念之情。

全词语言虽平淡，但是意味隽永，在字句上讲求匀称一致，用过去的甜蜜与现在的孤寂为线，有意错综穿插，重叠对应，而结尾的伤心落泪，更是加强了主人公睹物思人，而物是人非的痛苦感受，可谓以独特的艺术构思，有效地表达了词人所欲吐露的伤感和苦痛体验，语短情长，真实质朴，一扫宋以来词作的华丽空洞，影响深远。

崔 护

崔护（772 年— 846 年），字殷功，唐代博陵（今河北定州）人，唐德宗贞元十二年（796 年）登第（进士及第）。唐文宗太和三年（829 年）为京兆尹，同年为御史大夫、广南节度使。其诗诗风精练婉丽，语极清新。现存的诗有六首，皆是佳作，尤以《题都城南庄》流传最广，脍炙人口。该诗以“人面桃花，物是人非”这样一个看似简单的人生经历，道出了千万人都似曾有过的共同生活体验，为诗人赢得了不朽的诗名。

蝶恋花[1]·越女[2]采莲秋水畔

越女采莲秋水畔。窄袖轻罗[3]，暗露双金钏[4]（chuàn）。照影摘花花似面，芳心只共丝争乱。

鸂鶒[5]（xī chì）滩头风浪晚。雾重烟轻，不见来时伴。隐隐歌声归棹[6]（zhào）远，离愁引著江南岸。

◎注释

① 蝶恋花：词牌名，原是唐教坊曲，后用作词牌，本名鹊踏枝，又名黄金缕、卷珠帘、凤栖梧、明月生南浦、细雨吹池沼、一箩金、鱼水同欢、转调蝶恋花等。

② 越女：越地自古多出美女，后常用越女泛指美女。

③ 轻罗：一种质地轻盈、质量上乘的柔软丝织品。

④ 钏：用珠子或玉石穿起来做成的镯子。

⑤ 鸂鶒：一种长有漂亮的彩色毛羽的水鸟，经常雌雄相随，喜欢共宿，也爱同飞并游。

⑥ 归棹：指归舟。棹：船桨。

◎译文

一位美丽的江南少女乘舟在明净的秋水畔采莲。窄长轻盈的袖子随着莲藕不断翻舞，金钏在纤细的玉腕上时隐时露，她的娇颜倒映在水上，如莲花般美艳。她的纤手摘取了香藕，却不防藕“丝”缕缕，撩起了她的绵绵情思。

转眼天晚，成双的水鸟已栖息湖畔，风起露降，沉浸于遐想的少女蓦然回头，只见一派晚烟轻轻飘浮，不见了同来的伙伴。不久远处传来了隐隐约约的棹歌声，歌声渐远，而余音袅袅于江南岸边，似是洒下了一路离愁飞绪。

◎创作背景

宋仁宗景祐元年（1034年），欧阳修召试学士院，授任宣德郎，充馆阁校勘。宋仁宗景祐三年（1036年），范仲淹上章批评时政，被贬饶州。欧阳修为他辩护，被贬为夷陵（今湖北宜昌）县令。此词作于作者被贬之时偶见采莲女，有感而作。

◎赏析

这首词通过描写秋水湖畔的莲花碧叶与少女的灵动美丽，为我们描绘出一幅唯美的少女采莲图。

上阕写采莲姑娘的神情动作。

“越女采莲秋水畔”，交代人物（越女）、时间（秋）、地点（水畔）、事件（采莲）。

“窄袖轻罗，暗露双金钏”，词人只是抓住越女服饰的一部分，便把她们的绰约风姿、婀娜体态勾勒出来，笔法至为简练。

玉腕上的金钏时隐时露，闪闪烁烁，体现出了一种含蓄的美、朦胧的美，妙不可言。又以荷花比女子，采莲女子先是临水照影，接着伸手采莲，然后感到花如人面，不忍去摘。由于层次多，动作性也很强，就很容易揭示人物的内在感情。

“照影摘花花似面，芳心只共丝争乱”，表现人物的内心矛盾。芳心，是形容姑娘们美好的心灵。“丝”字指采摘莲花拗断莲梗时从断口中拉出来的丝，即温庭筠《达摩支曲》所云“拗莲作寸丝难绝”的丝。随事生发，信手拈来，以此丝之乱拟彼心之乱，构想绝妙。

下阕写采莲姑娘思绪归来，却发现天黑夜晚的仓皇可爱。

“鸂鶒滩头风浪晚”，渲染出一种紧张气氛。

“雾重烟轻，不见来时伴”，转笔写采莲姑娘寻找失散的伙伴。“露重烟轻”是具体描绘暮色。此时天幕渐渐暗下来，暮色苍茫，能见度极低，也许失散的伙伴相去不远，但采莲姑娘却找不到她们。其焦急之情，仓皇之状，可以想见。

“隐隐歌声归棹远”，表示她们已快乐地回家。

“离愁引著江南岸”，采莲女内心的忧思却未化解，若有所失。

此词以通俗的语言、鲜明的形象、明快的节奏，曲折深婉地表现了越女采莲的动人情景。境界迷离惝恍，启人遐想，曲终而味永，正是这首词的妙处。寥寥几笔就将采莲女的灵动可爱展现得淋漓尽致。

◎轶闻异物录

鸂　鶒

鸂鶒亦作“鸂鶆”，俗称紫鸳鸯，是一种水鸟。鸂鶒的形状体态比鸳鸯大，身体大部分是紫色的羽毛，喜爱游泳。唐代温庭筠《开成五年秋以抱疾郊野一百韵》写道：“溟渚藏鸂鶒，幽屏卧鹔鸪。”顾嗣立在《临海异物志》补注：“鸂鶒，水鸟，毛有五采色，食短狐，其中溪中无毒气。”

古人使用的鸟名并不是很准确，甚至不一定是指一种鸟，而是一类鸟，比如清朝文职补子所绣一品仙鹤和二品锦鸡，究竟是哪种鹤以及哪种锦鸡并未详加说明。所以对于古代鸟名，很多时候不能太较真，古人对鸟的分类和鉴别比较模糊。

浣溪沙[①]·湖上朱桥[②]响画轮[③]

湖上朱桥响画轮，溶溶[④]春水[⑤]浸春云[⑥]，碧[⑦]琉璃[⑧]滑净无尘。

当路游丝[⑨]萦[⑩]醉客[⑪]，隔花啼鸟唤行人，日斜归[⑫]去奈何春。

◎注释

① 浣溪沙：原为唐教坊曲名，后用为词牌名。此调分平仄两体，字数以四十二字居多，另有四十四字和四十六字两种。

② 朱桥：朱红色的桥。

③ 画轮：指有彩绘的豪华车子。

④ 溶溶：形容河水流动的样子。

⑤ 春水：指春天时的湖水，表现出湖水的柔和之感。

⑥ 春云：指春天的云，表现出湖上天空的云舒缓柔美。

⑦ 碧：青绿色。

⑧ 琉璃：也作“瑠璃”，是一种有色半透明的玉石。这里将湖水比作琉璃。

⑨ 游丝：这里指春季里昆虫吐出的细丝。

⑩ 萦：萦绕，有留住的意思。

⑪ 醉客：指陶醉在美景中的游人。

⑫ 归：离开。

◎译文

朱红色的桥上有豪华马车经过，车轮的辘辘声在平静的湖上响起。春水丰盈的湖面，倒映着柔美的白云。湖面美得好似碧绿的琉璃，平滑干净不染纤尘。

春季里昆虫吐出的细丝，荡漾在花草树木之间，网住春光，留住游人。花丛中的鸟儿不停地鸣叫，仿佛在呼唤行人。湖光春色如此诱人，游人一直游赏到夕阳西斜才无奈地离去。

◎创作背景

宋仁宗皇祐元年（1049 年），欧阳修任颖州知州，此词是作者记述当时与友人一起载舟游春的所见所闻，是一首以景抒情的小词。

◎赏析

这首词通过对湖上春景与游客赏春不舍离去的描绘，展现了游人对西湖景色的喜爱和赞美。

“湖上朱桥响画轮”，写游客们乘坐着豪华的车子，驶过那装饰着朱红栏杆的桥梁，来到西湖游赏春光，传达出一种喧腾热闹的气氛。

“溶溶春水浸春云”，一句之中两个“春”字并列，是名副其实的“加一倍写法”，目的就是把这个字突显出来，表明这是只有在春天才有的独特风光。“浸”字，把映照说成浸泡，就等于把云的影子说成是真的云，通过这种“真实感”暗中透露出湖水的清澈程度，从观察体验的错觉中描绘景物的状态。

“碧琉璃滑净无尘”，对上一句春水的描写，加以补充。用琉璃的光洁平滑来比喻西湖的水面，形象而有诗意。

“当路游丝萦醉客，隔花啼鸟唤行人”，这两句是对偶句，描写春物留人，人亦恋春，是全词的重点所在。明明是游人舍不得归去，却说成是游丝、啼鸟出主意挽留，以婉曲写情，不但展现了春天具有的境界，也写出春天西湖的葱绿景象。

“日斜归去奈何春”，说明西湖景色美好，让人流连。“奈何春”三个字使得全词更显得精彩，一方面表达了随着时间推移，游人归而春将归，这是无可奈何的事；另一方面作者与友人西湖游玩，极为欢快，可“天下没有不散的筵席”，作者不得不与友人告别的无奈。这首词的结尾，是用陡转直

下的笔法揭示游人内心深处的思维活动，表现了由欢快而悲凉两极转换的心理状态，故而能够取得含蓄蕴藉、余味不绝的艺术效果。

整首词中，词人借景抒情，在描写“乐景”之中，暗示了“哀情”，含不尽之意现于言外，把那深沉委婉的情思意念蕴含在宽阔的境界之中，给读者以无尽的想象和思考。

◎轶闻异物录

三省六部

秦设丞相、太尉和御史大夫，组成中枢机构。丞相管行政，太尉管军事；御史大夫是副丞相，执掌群臣奏章，下达皇帝诏令，并负责监察百官品行。汉朝大体上沿袭秦制，但改称其为三公，下设九卿，分管各方面政务。魏晋南北朝时期，握有实权的先是尚书省，继而是中书省、门下省。

至隋代演变成为三省六部制。三省为中书省（决策）、门下省（审议）、尚书省（执行），三省的长官都是宰相，相权分散。宋代中书省职权扩大，同枢密院分掌文武大权，门下、尚书省遂废。后来又增设参知政事、枢密使、三司使，分别行使行政权、军权、财权。明代内阁虽只是为皇帝提供顾问的内侍机构，但实际上为最高政务机构，内阁大臣称为辅臣，首席称首辅（相当于前朝的宰相）。清代康熙设立南书房，于清内阁和议政王大臣会议形成三足鼎立之势。雍正帝设立军机处，由亲王、大学士、尚书、侍郎、京堂兼任军机大臣，掌握政府大权。

采桑子[①]·荷花开后西湖[②]好

荷花开后西湖好，载酒来时。不用旌（jīng）旗[③]，前后红幢[④]（chuáng）绿盖[⑤]随。

画船撑入花深处，香泛金卮[⑥]（zhī）。烟雨微微，一片笙[⑦]（shēng）歌醉里归。

◎注释

① 采桑子：又名丑奴儿、罗敷媚等。双调四十四字，上下阕各四句三平韵。

② 西湖：指颍州（今安徽省阜阳市）西湖。

③ 旌旗：古代旌旗仪仗。

④ 幢：古代的帐幔。

⑤ 盖：古代一种似伞的遮阳物。

⑥ 卮：古代盛酒的器皿。

⑦ 笙：簧管乐器。

◎译文

荷花盛开的西湖，风景无限好，划船载酒来游赏。无须旌旗仪仗，红花为幢绿叶为盖已随船来。

游船划向荷花深处，连酒杯都沾染荷香。朦胧细雨轻轻，于一片歌声中，载着醉酒的游客归去。

◎创作背景

宋仁宗皇祐元年（1049 年），欧阳修移知颍州（今安徽阜阳），因喜爱这里的风土人情便萌生出要在此终老的想法，并与梅尧臣相约，买田于颍，以便日后退居。数年后，终于以观文殿学士、太子少师致仕，得以如愿归居颍州。几次游览后，创作了《采桑子》十首，这首《采桑子·荷花开后西湖好》是其中之一。

◎赏析

这首词通过对西湖泛舟时所见美景的描绘，为我们展现了美轮美奂的颍州景象，表达了作者想要寄情山水、超尘脱俗的闲适心情。

“荷花开后西湖好，载酒来时”，开篇点明时间地点，是在荷花开的季节，带着美酒游览西湖。

“不用旌旗，前后红幢绿盖随”，用“旌旗”来比况荷花的“红幢绿盖”,创造了一个童话般的境界。把荷叶比作红幢、绿盖的仪仗，随着自己前呼后拥，既表现了荷花之多又显得生动有趣。

“画船撑入花深处，香泛金卮”，从上阕的视觉描写转为嗅觉上的形容。伴着扑鼻的清香，作者泛舟驶向荷花深处。

“烟雨微微，一片笙歌醉里归”，烟雨朦胧中，作者听着丝竹音乐，饮酒赏花，好不舒适自在。“醉里归”表现词人心情十分惬意，已完全沉醉在这大自然的美景之中了。

全词通过视觉、嗅觉、听觉的不同感受，展现西湖景象。节奏明快，语言通俗易懂，字里行间蕴含着作者与友人的洒脱情怀。

◎轶闻异物录

笙的发展

笙，属于簧片乐器族内的吹孔簧鸣乐器类，是世界上现存大多数簧片乐器的鼻祖。笙的发音清越、高雅，音质柔和，歌唱性强，具有中国民间色彩。笙的构造，是将铜制的簧片装在若干竹管下端，这些竹管插在一个木制或铜制的带有吹孔的笙斗上。吹时用指按着竹管下端所开的孔，使簧片与管中气柱发生共鸣而发出乐音。演奏时，除单音外，大都用二音、三音或四音配成和音。目前，普遍使用的有二十一簧、二十四簧、三十六簧以及小排笙、排笙（键盘笙）等多种形制。笙的吹奏技术也有较大发展，除了用于伴奏与合奏外，已发展成为独奏乐器。

笙是我国古老的簧管乐器，历史悠久，能奏和声。它以簧、管配合振动发音，簧片能在簧框中自由振动，是世界上最早使用自由簧的乐器。我国的笙、竽在盛唐之时东传日本，在奈良东大寺的正仓院里，现存我国唐时制作的吴竹笙、竽各两支，假斑竹笙、竽各一支，皆为十七管，其排列方法均呈马蹄形，唯弯曲的吹嘴特别长，斗上都有油漆彩绘的人物或风景画。古籍中所说竽为多管，而正仓院所存的唐俗乐使用的竽，则与笙同为十七管。我国的笙对西洋乐器的发展，曾经起过积极的推动作用。笙最早就通过“丝绸之路”传到波斯，1777 年法国传教士阿米奥又将笙传到欧洲。

1780 年，侨居俄国的丹麦管风琴制造家柯斯尼克，首先仿照我国笙的簧片原理，制造出管风琴的簧片拉手，自此管风琴才开始使用音色柔和悦耳的自由簧。十八世纪末，俄国科学院院士雅·什太林曾撰文称赞笙是“最受欢迎的中国管风琴”。以后，又有其他自由簧乐器的产生。1810 年，法国乐器制造家格列尼叶制成了风琴；1821 年，德国人布希曼发明了口琴，次年又发明了手风琴。

采桑子·轻舟[1]短棹[2]西湖[3]好

轻舟短棹西湖好，绿水[4]逶迤[5]，芳草长堤，隐隐[6]笙歌[7]处处随。

无风水面琉璃滑，不觉船移，微动涟漪[8]，惊起沙禽[9]掠岸飞。

◎注释

① 轻舟：轻便的小船。
② 短棹：划船用的小桨。
③ 西湖：指颍州西湖。在今安徽省阜阳市西北。
④ 绿水：清澈的水。
⑤ 逶迤：形容道路、山脉、河流等蜿蜒曲折。
⑥ 隐隐：隐约。
⑦ 笙歌：指歌唱时有笙管伴奏。
⑧ 涟漪：形容被风吹起的水面波纹 。
⑨ 沙禽：沙洲或沙滩上的水鸟。

◎译文

驾轻舟划短桨，看这西湖的大好风光。碧绿的湖水蜿蜒不断，长堤上的花草散发着芳香，远处隐隐传来丝竹声，像是随着船儿在湖上飘荡。

无风的水面，好似琉璃一般光滑平整，感受不到船儿在前进，只见微微的细浪在船边荡漾。看，被船儿惊起的水鸟，正掠过湖岸在飞翔。

◎创作背景

这首词同其他九首《采桑子》属同一时期作品，创作背景可参考本书中的《采桑子·荷花开后西湖好》。

◎赏析

这首词通过对泛舟西湖春水，船动而鸥飞的情境进行描写，抒发了作者对西湖春景的喜爱之情。

“轻舟短棹西湖好”，“西湖好”是一篇之眼，“短棹”二字已将休闲的意思委婉写出，因为是短棹，所以轻舟缓慢而悠闲地飘荡在湖面上，游人有足够的时间来观赏两岸春色。

“绿水逶迤，芳草长堤，隐隐笙歌处处随”，写由湖心经水面到堤岸，再整体向远处推进的动态画面，又从听觉的角度将游西湖的欢乐情调刻画了出来。“隐隐”和“处处”都凸显出轻舟的流动感，形成了一道流动中的风景。

“无风水面琉璃滑，不觉船移”，正因无风，方使得西湖水面清澈而平滑，也方使得游人“不觉船移”。“不觉”二字为枢机所在，不仅有诗情，而且合乎逻辑。

“微动涟漪，惊起沙禽掠岸飞”，船动惊禽，划破了湖面的平静，为这一趟悠闲之旅平添了一个兴奋点。大概沙禽久已习惯于西湖的平滑，所以轻舟带来的小小涟漪，就足以惊起沙禽而掠岸飞过。视点也因此由近到远，再向高处延伸，将立体而富有动感的西湖呈现在读者面前。

全词以轻舟的行进为线索，渐次写出堤岸和湖面的景物特征，如同一幅清丽活泼、空灵淡远的风景画，美不胜收。并将游人之悠闲意趣融入其中，写得清新可爱，引人入胜。

◎轶闻异物录

阜阳的历史

阜阳，简称阜，古称汝阴、顺昌、颍州，位于安徽省西北部，华

北平原南端。西北部与河南省周口市，西与河南省新蔡县相邻，西南部与河南省信阳市相接，北部、东北部与亳州市毗邻，东部与淮南市相连，南部与六安市隔淮河相望，下辖三区四县一市。其中以颍州（今阜阳市区）为中心的南部开发较早。

西周以后，在今阜阳境内建立了董姓的胡子国、临泉境内的姬姓沈子国、颍上境内的慎等。春秋战国时，又出现了太和原墙的原阳、倪邱的新、临泉的寝等县邑。秦代始置汝阴县。东汉时期属于豫州（治所今安徽亳州）。三国魏时期设置汝阴郡。北魏孝昌四年（528 年）置颍州。隋设汝阴郡。唐设颍州。唐高祖武德五年（622 年）属亳州管辖，并在亳州置总管府，管辖治理亳、宋、颍、沈、谯等州。宋代设顺昌府。元朝时属汝宁府。明朝属凤阳府。明神宗万历十年（1582 年），在阜阳县置颍川卫。

清朝雍正二年（1724 年）升颍州为直隶州。雍正十三年（1735 年）升颍州为颍州府，并以颍州本辖新置附郭县，乾隆皇帝依奏赐名阜阳县。颍、亳二州首次并为统一版图，“省谯县入亳州，寻降亳州为亳县，改属颍州”。不仅包括今阜阳市、亳州市全境，而且含今六安地区霍邱县的大部分地界。民国初年撤销颍州府。1949 年撤阜阳市，并入阜阳县。

中华人民共和国建立时，阜阳地区有界首市、亳县、太和县、阜阳县、涡阳县、蒙城县、颍上县、阜南县、临泉县和凤台县，县、市以下划分区（镇），区以下划分乡（镇），乡（镇）以下为行政村。

采桑子·群芳过后[1]西湖好

群芳过后西湖好，狼籍残红[2]，飞絮濛濛[3]。垂柳阑干[4]尽日风。

笙歌[5]散尽[6]游人去[7]，始觉春空。垂下帘栊[8]，双燕归来细雨中。

◎注释

①群芳过后：百花凋零之后。群芳：指百花。

②狼籍残红：残花纵横散乱的样子。残红：落花。狼籍：同“狼藉”，指散乱的样子。

③濛濛：今写作“蒙蒙”。原指细雨迷蒙的样子，这里引申为柳絮飘飞的样子。

④阑干：横斜，纵横交错。

⑤笙歌：笙管伴奏的歌筵。

⑥散尽：消失，这里指曲乐声停止。

⑦去：离开，离去。

⑧帘栊：窗帘和窗棂，这里指门窗的帘子。

◎译文

即使是百花衰败的暮春时节，西湖依然那么美，残花轻盈飘落，点点残红在纷杂的枝叶间分外醒目；柳絮在空中旋转漂浮，到处都是迷迷蒙蒙的样子；杨柳自然垂落，纵横交错，在和煦的春风中，怡然自得，整日轻拂着湖水。

笙箫歌声渐渐静息，游人也尽兴散去，这才觉得四周一片空寂，又仿佛正需要这份安谧。回到居室，拉起窗帘，只瞧见成对的燕子从蒙蒙细雨中归来。

◎创作背景

这首词作于宋神宗熙宁四年（1071 年）六月，那时候欧阳修以太子少师的身份致仕，回到颍州。在暮春时节来到西湖游玩，看到如此美景，心生喜悦而作《采桑子》十首，这首词是其中的第四首。

◎赏析

这首词通过对暮春时节作者游览西湖所见到的幽美景象，与其回到家中见微雨燕归来的诗意描绘，表达了作者对大自然和现实人生的无限热爱之情。

“群芳过后西湖好”，开篇直抒胸臆，赞美西湖在春夏之交时的怡人景象。“群芳过后”本有衰残之味，常人对此或惋惜，或伤感，或留恋，而作者却赞美说“好”，并以这一感情线索贯穿全篇，展开描述。

“狼籍残红，飞絮濛濛”，写落红零乱满地、翠柳柔条斜拂于春风中的姿态。“濛濛”本是形容细雨之词，作者却用来形容柳絮，侧面说明了柳絮之多且密。

“垂柳阑干尽日风”，对杨柳随风飘拂的姿态描写，将周围景色渲染得更加慵懒随意，悠然自得。

“笙歌散尽游人去”，写游春盛况已过去，花谢柳老，游人也已意兴阑珊，无人欣赏残红飞絮之景。

“始觉春空”，点明从上面三句景象所产生的感觉，道出了作者惜春恋春的复杂微妙的心境。“始觉”是顿悟之辞，这两句是从繁华喧闹消失后清醒过来的感觉，繁华喧闹消失，既觉有所失的空虚，又觉获得宁静的畅适。

“垂下帘栊，双燕归来细雨中”，写室内景，是倒装句，本是开帘待燕，“双燕归来”才“垂下帘拢”，意蕴含蓄委婉，以细雨衬托春空之后的清寂气氛，又以双燕飞归制造出轻灵、

欢娱的意境。以人物动态描写与自然景物映衬相结合，表达出作者恬适淡泊的胸襟。

全词取景典型，叙事抒情结合，章法缜密，构思严谨，意象鲜明，字里行间婉曲地显露出作者的旷达胸怀和恬淡心境，也表现出词人别具慧眼的审美特点，在孤寂清冷中体味出安宁静谧的美趣。这种闲淡胸怀，这种别具一格的审美感受，正是这首词有别于一般咏春词的独到之处。

◎轶闻异物录

归根“颍州”

颍州西湖是一代名湖，在北宋犹如一颗璀璨的明珠镶嵌在阜阳大地，千百年来吸引了文人骚客到此游览，并写下了许多脍炙人口的华丽诗篇。宋代大文豪欧阳修晚年归根于颍州，将颍州作为自己的最终归宿，而没有魂归江西故里。

宋仁宗皇祐元年 (1049 年)，欧阳修自扬州移知颍州，开始扩建西湖。宋神宗熙宁四年 (1072 年)，欧阳修以太子少师、观文殿学士致仕，退居颍州，寓西湖六一堂。翌年四月，前副相赵概以八十高龄自南京 (今河南省商丘市) 来访欧阳修，知州吕公著也前来看望。欧阳修即席赋诗：“某闻安车以适四方，礼典虽存于往制；金马玉堂三学士，清风明月两闲人。”诗中抒发了他与赵概莫逆之谊和对他不远千里寻访的感激之情。在他的一生中，共写下四十三首与颍州西湖有关的诗词，不仅创作了咏一个地方风景最多的诗，而且成为中国古代文人中咏颍州西湖风景最多的人。

采桑子·十年前是尊[①]前客

十年前是尊前客，月白风清[②]。忧患凋零[③]，老去光阴速可惊。

鬓华[④]虽改心无改，试把[⑤]金觥[⑥](gōng)。旧曲重听，犹似当年醉里声。

◎注释

①尊：酒杯，通“樽”。

②月白风清：本意是幽静美好的夜晚。这里指仕途一片光明。

③凋零：本意为花草树木凋落。这里比喻为人事衰败。

④鬓华：花白的鬓发。

⑤把：手持。

⑥觥：酒杯的美称，腹椭圆，上有提梁，底有圆足，兽头形盖，也有整个酒器作兽形的，并附有小勺。

◎译文

十年前，我是酒宴的常客，那时候春风得意前途无量。如今好友相继离去，忧愁疾患催人老矣。想起了往事，倍觉光阴流转如此迅速。

我的双鬓已白，但我初心从未更改，如今在酒席前再次端起酒杯。旧曲重听，心里觉着就好似当年醉里听的一样。

◎创作背景

宋仁宗庆历四年（1044年），词人曾路过洛阳。这时距离词人在宋仁宗景祐元年（1034年）被召试学士院，授官宣德郎，回京任馆阁校勘而离开洛阳正好十年，再次来到这里，作者感慨万千，便作下这首词怀念洛阳友人及往日在洛阳的生活。

◎赏析

全词通过描写词人十年间的宦海沉浮，表达了对时光易逝人易老的感叹。

“十年前是尊前客，月白风清”，“十年前”是一个概数，泛指他五十三岁以前的一段生活。那一时期，他曾出守滁州，徜徉山水之间。后来移守扬州，又常常到竹西、昆冈、大明寺、无双亭等处嘲风咏月、品泉赏花；特别是仁宗嘉祐中，很顺利地由礼部侍郎拜枢密副使，迁参知政事，最后又加了上柱国的荣誉称号。这其间，多少人生况味，只以“月白风清”四字概括。“月白风清”四字，色调明朗，既象征处境的顺利，也反映心情的愉悦，给人的想象是美好、广阔的。

“忧患凋零，老去光阴速可惊”，从十年前回到现在，展现十年以后的生活。这一时期，政治上遭到王安石的弹劾，生活上他的好友梅尧臣、苏舜钦相继辞世。友朋凋零，引起他的哀痛。而自己在时光荏苒中，已疾病不断，垂垂老矣。虽仅有寥寥几句，其中心酸却展露无遗。

“鬓华虽改心无改，试把金觥”，时光的流逝，不幸的降临，使得作者容颜渐老，但他那颗充满活力的心，却还似从前一样，一腔忧愤只默默地埋藏心底，语言虽豪迈而感情却很沉郁。“试把”二字，表现作者想要摆脱愁苦，重回年轻时那种无畏与豪迈的心情。

“旧曲重听，犹似当年醉里声”，与前两句紧密相连，听曲与把酒是同时进行的，“旧”与“重”，犹如时光不停切换，两相对比之下，难免凄凉之感。“犹似”二字，犹似是而不是，即使模仿当年的情景，可过去的岁月再也无法追回。这里作者没有直接说不能，而是用“犹似”，体现了作者的豁然旷达。

这首词情感强烈深沉而激昂，语句自然流畅，有一气呵成之势；又沉郁顿挫，一唱三叹，可谓伤而不靡，哀而不沉，字里行间蕴藏着慷慨之气。这首词对苏轼与辛弃疾等人的创作风格都有深刻的影响，在词史上具有承前启后的重要意义。

◎轶闻异物录

滁州历史沿革

滁州地处安徽省最东部的苏皖交界地区，在长江三角洲的西部，习惯上称为“皖东”。滁州隔江与南京主城遥望，通江达海，为江东之门户，江淮之重镇。

隋文帝开皇九年（589年）正式设立滁州建置，州治在今滁州市区，隶属于扬州江都郡。唐朝时市境属淮南道。唐高祖武德三年（620年）复置滁州，领三县，即清流、全椒、永阳（今滁州市区）。其中永阳县建置于唐中宗景龙三年（709年），至五代十国时期改为来安县。唐玄宗天宝元年（742年）改滁州为永阳郡属淮南道扬州。天宝七载（748年）因改唐玄宗诞日“千秋节”为“天长地久节”，千秋县也更名为“天长县”。

五代十国时期（907年—960年），滁州先置于唐末淮南节度使杨行密建立的吴国统治，后为南方“十国”的南唐政权所辖。后晋天福二年（937年）杨行密部将徐温养子徐知诰（原名李升），夺取吴政权，都金陵，建国南唐。滁州成为拱卫金陵的江北重镇，南唐同光元年（923年）在滁州西北关隘处建清流关，雄伟险要，扼南北交通。元朝创立行省制，市境先后属江浙行省之扬州路滁州、河南江北行省之扬州路滁州（辖今市区和全椒、来安二县）、安丰路濠州（辖今凤阳、定远二县）、淮安路泗州（辖今明光、天长二县）。

1912年，安徽省废道、府、州、厅，各县直属省府，滁州改为滁县，直属安徽省。北洋政府实行省、道、县三级行政体制，市境各县均属安徽省淮泗道。1932年，析盱眙、滁县、定远、来安等县地置嘉山县。同年安徽省划分为十个行政专员督察区，其中滁县、来安、全椒、嘉山、天长属第五专区（专署驻滁县），其余属第四专区。

采桑子[1]·画船[2]载酒西湖好

画船载酒西湖好，急管繁弦[3]，玉盏[4]催传，稳泛平波任醉眠。

行云却在行舟下[5]，空水澄鲜[6]，俯仰[7]留连，疑是湖中别有天。

◎注释

①采桑子：词牌名。

②画船：指装饰华美的游船。

③急管繁弦：指变化丰富而节拍紧凑的音乐。

④玉盏：玉制的酒杯。

⑤行云却在行舟下：指天上流动的云彩倒影在水中，仿佛就在行船之下。

⑥空水澄鲜：这里指天空与水面均澄澈明净。

⑦俯仰：指仰观俯察，观赏。

◎译文

西湖好风光，乘着画船载着酒肴在湖中游赏，于急促繁喧的乐声中，不停地传着酒杯。风平浪静，醉倒的客人在稳稳前行的船中安睡着。

醉眼俯视湖中，白云在船下浮动，清澈的湖水好似空然无物。仰视蓝天，俯视湖面，水天相映，使人不禁疑惑，湖中好像另有一个世界。

◎创作背景

此词作于欧阳修晚年。宋仁宗皇祐元年（1049年），欧阳修知颍州，"爱其民淳讼简而物产美，土厚水甘而风气和，于是慨然已有终焉之意也。迩来俯仰二十年间思颍之念未尝少忘于心，而意之所存亦时时见于文字也”（见《思颍诗后序》）。并与梅尧臣相约，买田于颍，以便日后退居。宋英宗治平四年（1067年），欧阳修出知亳州，特意绕道颍州，“盖将谋归休之计也。乃发旧稿，得自南京以后诗十余篇，皆思颍之作，以见予拳拳于颍者非一日也”（见《思颍诗后序》）。数年后，终于以观文殿学士、太子少师致仕，得以如愿归居颍州。几次游览后，创作了十首《采桑子》，这是其中之一。

◎赏析

此词描写春天载酒游湖之乐及乘着酒兴所见的西湖美景，尽兴尽欢中，透露出主人公几分豪逸情致。

“画船载酒西湖好”，“西湖好”统领全词，下面分别渲染这个“好”字。

“急管繁弦，玉盏催传”，描绘游湖时船中丝竹齐奏、酒杯频传的热闹气氛与欢乐场面。

“稳泛平波任醉眠”，“平波”表明此时风平浪静，营造出一种静谧祥和的气氛。“任醉眠”承接上文，侧面表示此次宴席非常尽兴。

“行云却在行舟下，空水澄鲜”，“行云舟下”表明湖水清澈，云的倒影清晰可见。“空水澄鲜”引用谢灵运《登江中孤屿》诗“云日相晖映，空水共澄鲜”，说天空与湖水同样澄清明净。

“俯仰留连，疑是湖中别有天”，“俯仰留连”四字起到承上启下过渡的作用。从水中看到蓝天白云的倒影，词人一会儿举头望天，一会儿俯首看水，陶醉于这空阔奇妙的景象，于是怀疑湖中别有一个天宇在，而自己行舟在两层天空之间。“湖中别有天”的体会，别出心裁，给人以活泼清新之感。

整首词采用虚实相结合的方法，充满了诗意的想象，形象巧妙地刻画了主人公的醉态、醉意和醉眼中的西湖之景。

◎轶闻异物录

谢灵运

谢灵运（385年—433年），原名公义，字灵运，以字行于世，小名客儿，世称谢客。出身陈郡谢氏，祖籍陈郡阳夏（今河南太康县），生于会稽始宁（今绍兴市嵊州市三界镇）。南北朝时期诗人、文学家、旅行家。

谢灵运少即好学，博览群书，工诗善文。其诗与颜延之齐名，并称“颜谢”，开创了中国文学史上的山水诗派。他还兼通史学，擅书法，曾翻译外来佛经，并奉诏撰《晋书》。明人辑有《谢康乐集》。谢灵运很小的时候就聪慧过人，祖父谢玄十分看重他，跟亲近的人说：“我生了谢瑍，谢瑍却是怎么生出灵运的呢！”谢灵运幼年时在钱塘道士杜炅的道馆中寄养，十五岁才回建康，故小名客儿。谢灵运从小文章写得非常好，江南几乎没人赶得上，堂叔谢混尤其喜欢他。

晋安帝元兴二年（403年），谢灵运继承了祖父的爵位，被封为康乐公。义熙元年（405年），出任大司马司马德文的行参军。此后任抚军将军记室参军、太尉参军等职。刘宋代晋后，降封康乐侯，历任永嘉太守、秘书监、临川内史。元嘉十年（433年）被宋文帝刘义隆以“叛逆”罪名杀害，年仅四十九岁。

采桑子·何人解赏[1]西湖好

何人解赏西湖好，佳景无时。飞盖相追[2]，贪向花间醉玉卮[3]（zhī）。

谁知闲凭阑干[4]处，芳草斜晖[5]。水远烟微[6]，一点沧洲[7]白鹭飞。

◎注释

①解赏：懂得欣赏。

②飞盖相追：化用曹植《公宴》诗："清夜游西园，飞盖相追随。"盖：车篷，飞盖：指奔驰的马车。

③玉卮：玉制的酒杯。卮：饮酒用的圆形器皿。

④阑干：最早指一种竹子木头或者其他东西编织的遮挡物，后来引申为纵横交错的样子。这里指水气交错的样子。

⑤晖：阳光。

⑥微：缥缈。

⑦沧洲：水边的陆地。

◎译文

谁能看得懂西湖的美丽？一年四季不管任何时候都是美景。驱车去追寻，只想在花丛绿树中饮酒贪欢。

谁知道即使随意站立在那水气交错的迷离之中，绿草斜阳正美。水波幽远，烟雾缥缈，白鹭飞来，仿佛水滨之间只有一点。

◎创作背景

这首词是欧阳修晚年退居安徽颍州西湖时所作，同其他九首《采桑子》属同类作品，创作背景可参考本书中的《采桑子·荷花开后西湖好》。

◎赏析

这首词写暮春时节，作者乘车游览西湖风光的情景，字里行间洋溢着对西湖胜景的喜爱和赞美之情。

“何人解赏西湖好”，首句设问，用谁能懂得欣赏西湖的“好”来引出下文，讲解“好”在哪里。

“佳景无时”，起到承上启下的作用，指出西湖的“好”在于一年四季皆有佳景。

“飞盖相追，贪向花间醉玉卮”，正因为“佳景无时”，所以一天到晚都有车马载着游客翩翩而至欣赏美景。人们在花间饮酒，用醉眼观景，不醉不归，十分畅快。“贪”字表达了游人对美景的流连，不舍归去。

“谁知闲凭阑干处，芳草斜晖”，作者于黄昏中，背倚栏杆，向远处眺望，只见太阳的余晖与芳草交相辉映，十分美丽。“谁知”表露了对西湖黄昏之景的极度热爱。

“水远烟微，一点沧洲白鹭飞”，在云雾的笼罩下，飞翔的白鹭远远看去只有一点，由此可见西湖水面之宽，云烟之大。“一点”用得极好，将景色渲染得如梦似幻，营造出了耐人寻味的意境。

这首词通篇写景，动静交错，以动显静，意脉贯串，层次井然，反映的虽是个人生活感受和刹那间的意绪波动，但词境清隽疏澹，一扫宋初词坛上残余的“花间”习气，读来确有耳目一新之感。

曹 植

曹植（192年—232年），字子建，沛国谯县（今安徽省亳州市）人，生于东武阳（今山东莘县，一说鄄城），是曹操与武宣卞皇后所生第三个儿子。

曹植是三国时期著名文学家，作为建安文学的代表人物之一与集大成者，他在两晋南北朝时期，被推尊到文章典范的地位。其代表作有《洛神赋》《白马篇》《七哀诗》等。后人因其文学上的造诣而将他与曹操、曹丕合称为“三曹”。其诗以笔力雄健和词采华美见长，留有集三十卷，已佚，今存《曹子建集》为宋人所编。曹植的散文具有“情兼雅怨，体被文质”的特色，加上其品种的丰富多样，使他在这方面取得了卓越的成就。南朝宋文学家谢灵运有“天下才有一石，曹子建独占八斗”的评价。文学批评家钟嵘也赞曹植“骨气奇高，词彩华茂，情兼雅怨，体被文质，粲溢今古，卓尔不群”，并在《诗品》中把他列为品第最高的诗人。王士祯曾经评论说，自汉魏以来二千年间诗家堪称“仙才”的人，就是曹植、李白、苏轼三人。

采桑子·清明上巳[1]西湖好

清明上巳西湖好，满目繁华。争道[2]谁家，绿柳朱轮[3]走钿车[4]。

游人日暮相将[5]去，醒醉[6]喧哗。路转堤斜，直到城头总是花。

◎注释

①上巳：节日名，汉以前定农历的三月上旬巳日为上巳。魏晋以后，则改在农历的三月三日，这一天人们多到水边嘻游，以消除不祥。

②争道：游人车辆争先而行。

③朱轮：漆着红色的轮子，多指显贵者所乘的车。这里指太守所乘的马车。

④钿车：指嵌上金丝花纹作为装饰的车子。

⑤相将：相随，相携，指同在一起。

⑥醒醉：醉酒的人和酒醒的人。

◎译文

清明时节的西湖风光格外美好，到处都是一片繁华热闹的景象。大车小车拥堵在湖边吵吵嚷嚷，那是谁家在争道？只见红色车轮嵌上花纹的车，在翠绿的垂柳下穿行而过。

傍晚时分游人才相随离去，不管是酒醒的还是酒醉的，都喧哗吵闹。游人连成一串，渐行渐远，道路弯弯，湖堤也歪斜变化。从堤岸直到城头，一路上满是头上簪花的游人。

◎创作背景

这首词同其他九首《采桑子》属同一时期作品，创作背景可参考《采桑子·荷花开后西湖好》。

◎赏析

这首词描写清明时节西湖游春的热闹繁华景象，特别着重描绘日暮回城时，喧哗熙攘的情景，表达了词人对颍州西湖的热爱之情。

“清明上巳西湖好，满目繁华”，点明清明时节的西湖“好”在到处都是一片繁华热闹的景象。“满目繁华”即为全词的核心。

“争道谁家”，写了两种不同的游者，一种是乘车者，一种是徒步者。车多，才会引起人们的争相指点；行者多，也才可能出现“争道”的景况。

“绿柳朱轮走钿车”，作者以绿柳和朱轮相对，既写了钿车的豪华，也衬托出柳树的茂盛，色彩鲜明，春意浓郁。寥寥数字就已传达出一片车水马龙欢快活跃的气氛。

“游人日暮相将去，醒醉喧哗”，从游人归返之态中，似可想见他们有的专意游览，饱享春景；有的对景欢饮，一醉方休，他们各以自己的方式纵情游乐，尽兴而归。“醒醉”二字，道尽了游者各个相异的神态。“喧哗”一词，从侧面突出了游者之多，以西湖这样的敞廓之地，竟有人声鼎沸之感，那行人熙来攘往的情景可想而知。

“路转堤斜，直到城头总是花”，写归途所见的景色，路转堤斜，一路是花。这是枝上花还是落于地上的花，还是行人头上所戴之花？词人没有明写，仅给人留下一个印象，只觉得满目姹紫嫣红，春花充盈着整个空间，为我们描绘了春游的盛况。

此词从开始到结束都贯穿着“繁华”“喧哗”的节日气氛，

读者也被卷入这气氛之中，领受节日的欢乐。作者借节日的繁华来赞美西湖的好。词中每一句都有丰富的内涵，构成一幅生动壮美的游春图。独具风格，读之如有身临其境之感。

◎轶闻异物录

清明节

清明节，又称踏青节、行清节、三月节、祭祖节等，节期在仲春与暮春之间。清明节源自上古时代的祖先信仰与春祭礼俗，兼具自然与人文两大内涵，既是自然节气，也是传统节日。清明节是传统的重大春祭节日，扫墓祭祀、缅怀祖先，是中华民族自古以来的优良传统，不仅有利于弘扬孝道亲情，唤醒家族共同记忆，还可促进家族成员乃至民族的凝聚力和认同感。清明节融汇自然节气与人文风俗于一体，是天时地利人和的合一，充分体现了中华民族先祖们追求“天、地、人”和谐合一，讲究顺应天时地利、遵循自然规律的思想。清明节的节俗丰富，扫墓祭祖与踏青郊游是清明节的两大礼俗主题，自古传承，至今不辍。

清明节是中华民族的春祭大节，与清明春祭相对应的是重阳秋祭，春秋二祭，古已有之。中华民族自古就有礼敬祖先、慎终追远的礼俗观念。清明节有着久远的历史，它随着时代的发展而变化，渐渐融合了寒食节和上巳节的习俗。古时我国南北风俗各异，唐代以前我国北方上墓祭扫主要是在寒食节与寒衣节。从《礼经》等文献的记载来看，唐代以前我国北方并没有清明节上墓祭扫的例规，而到了唐代时清明节上墓祭扫便已成风气。

采桑子[1]·天容[2]水色[3]西湖好

天容水色西湖好，云物[4]俱鲜[5]。鸥鹭闲眠，应惯寻常听管弦[6]。

风清月白偏宜夜，一片琼田[7]。谁羡骖鸾[8]（cān luán），人在舟中便是仙。

◎注释

① 采桑子：词牌名 。
② 天容：指天空的景象。
③ 水色：水面呈现的色泽。
④ 云物：云彩、风物。指西湖的景物、景色。
⑤ 鲜：景物鲜明美丽的意思。
⑥ 管弦：管乐和弦乐。泛指音乐。
⑦ 琼田：原指传说中的玉田。这里形容莹洁如玉的湖面。
⑧ 骖鸾：指仙人驾驭鸾鸟云游。

◎译文

西湖风光好，天空与湖面相辉映，所有景物都那么美丽。鸥鸟白鹭在湖岸悠闲地睡觉，它们估计早就听惯了丝竹音乐。

风清月白的夜晚更是迷人，湖面波光粼粼好似一片白玉铺成的田野，有谁还羡慕乘鸾飞升成仙呢，人在西湖游船中就好比是神仙啊！

◎创作背景

宋仁宗皇祐元年（1049年），欧阳修知颍州，并与梅尧臣相约，买田于颍，以便日后退居。宋英宗治平四年（1067年），欧阳修出知亳州，特意绕道颍州。二十二年之后，宋神宗熙宁四年（1071年），终于以观文殿学士、太子少师致仕，得以如愿归居颍州。几次游览后，创作了十首《采桑子》，这是其中一首。

◎赏析

这首词描写西湖的天光水色，侧重于月色下的西湖夜景，既表现了人与自然的和谐相处，又反映了作者晚年旷达乐观的人生态度。

“天容水色西湖好，云物俱鲜”，作者在开篇便充满喜悦之情地衷心赞美西湖。

“鸥鹭闲眠，应惯寻常听管弦”，用鸥鹭闲眠起到烘托的作用，一方面突出西湖的静谧，另一方面暗示西湖游客的高雅脱俗。宋代士大夫们游湖，习惯带上歌妓，丝竹管弦，极尽游乐之兴。鸥鹭对于这些弦歌之声，早已听惯不惊。这间接表现了欧阳修引退之后，欢度晚年，胸怀坦荡，与物有情，故能使鸥鹭忘机。

“风清月白偏宜夜，一片琼田”，虽然西湖之美多姿多态，但比较而言要数夜晚月光下最有诗意了。清风徐徐，月光皎洁，湖水澄澈，晶莹透明，月光一照，闪闪发光。这时泛舟湖心，水天相映，广袤无际，好似“一片琼田”。“琼田”即神话传说中的玉田，此处指月光照映下莹碧如玉的湖水。这种境界使人感到远离尘嚣，心旷神怡。

“谁羡骖鸾，人在舟中便是仙”，人们沉迷在月下泛舟的欢愉中，谁还愿意乘着骖鸾做神仙呢！深刻表达了作者对人生对大自然的深深热爱。

全词意境开阔，明丽晓畅，清新质朴，通篇写景，景中寓情，运用独特的视角与手法将月下的西湖展现得美轮美奂。

白　鹭

白鹭属共有十三种鸟类，其中有大白鹭、中白鹭、白鹭（小白鹭）和雪鹭四种，因其全身的羽毛都是白色，通称为白鹭。大白鹭体型大，既无羽冠，也无胸饰羽；中白鹭体型中等，无羽冠但有胸饰羽；白鹭和雪鹭体型小，羽冠及胸羽全有。白鹭在繁殖期所生的冠羽和蓑羽可作装饰用，俗称白鹭丝毛，远销欧美和世界各地。

黄嘴白鹭的祖先出现于七百万年前的中新世，现在的种群没有亚种分化，在国外见于俄罗斯、日本、朝鲜、菲律宾、马来西亚和印度尼西亚等地，在我国多地均有分布，其中在辽宁、吉林为夏候鸟，在西沙群岛为冬候鸟，其他各地大多为旅鸟。

我国拥有鹭科鸟禽二十种，其中以白鹭属的最为珍贵。重庆九龙坡区白市驿镇三多桥村，有全国第一个白鹭自然保护区。区内有各种鹭类二万多只。厦门有十种鹭类，占中国鹭科鸟类总种数的半壁江山，其中白鹭属的五个种齐全，反映了厦门的地理位置和湿地环境在鹭类资源分布上具有典型性和代表性。近年来，每年厦门的鹭科鸟类数量多达三万只。按照国际标准，厦门海域潮间带及围海成湖的湖面，是鹭科鸟类生存栖息的重要湿地。在江苏仪征市枣林湾也分布有白鹭。

采桑子·残霞[1]夕照[2]西湖好

残霞夕照西湖好。花坞[3](wù)苹汀[4](tīng),十顷波平,野岸无人舟自横[5]。

西南月上浮云散,轩槛[6]凉生,莲芰[7](jì)香清,水面风来酒面[8]醒。

◎注释

① 残霞:指的是残余的晚霞。

② 夕照:指傍晚的阳光。

③ 花坞:指种植花木的地方。唐严维《酬刘员外见寄》:"柳塘春水漫,花坞夕阳迟。"坞:指地势周围高而中央凹的地方。

④ 苹汀:指长满苹草的水中小洲。苹:也叫大萍、田字草,水生蕨类植物,全草可入药。汀:指水边的平地。

⑤ 野岸无人舟自横:化用自韦应物《滁州西涧》:"春潮带雨晚来急,野渡无人舟自横。"

⑥ 轩槛:这里指的是凉亭。轩:长廊。槛:栏杆。

⑦ 莲芰:指莲花。芰:菱。

⑧ 酒面:饮酒后的面色。

◎译文

夕阳照射在波光粼粼的西湖上,景色迷人,岸边绿草茵茵,花苑内百花争艳,一碧万顷的湖内风平浪静,郊外岸边没有船夫,任凭小船自由漂横。

月亮自西南边升起,浮云渐渐散去,小亭上传来徐徐凉爽之气,荷花清香四溢,湖面上阵阵凉风驱散了微微醉意。

◎创作背景

宋神宗熙宁四年(1071 年)六月,欧阳修厌倦官场,以太子少师的身份致仕，回归颍州（今安徽阜阳）。此词为作者于熙宁五年（1072 年），退居在颍州时所作。

◎赏析

这首词描写了落日余晖下的西湖清风阵阵，碧草连天，犹如一幅淡淡的水墨画，从画面中透露着词人的胸怀，以及对西湖风光的赞美。

“残霞夕照西湖好”，点明时间、地点，是在一片落日彩霞辉映之下的颍州西湖。

“花坞苹汀，十顷波平”，作者通过自己目光所见，来介绍周围的环境。其中用“花坞”“苹汀”极力渲染西湖之美。“十顷波平”着意描绘湖面浩渺无际而又风平浪静，突出了平和、旷远。

“野岸无人舟自横”，景色的描绘由近到远，从眼前的花坞转移到远处的一叶扁舟，化用韦应物《滁州西涧》诗句，既展现了环境的幽碧空旷，又表达了自己悠闲自得、啸傲湖山的情趣。

“西南月上浮云散，轩槛凉生”，“西南月上”，月牙悬在西南方向，是“朔月”，点明时间是农历上半月；“浮云散”勾勒出了一幅月移云飞的画面，在浮云飞散之后就是一个夜空万里、清澈如洗的境界。“上”与“散”这两个动词互相呼应，使天上的月与云由“静”转“动”。

“莲芰香清，水面风来酒面醒”，在这祥和安静的时刻，主人公于凉亭内，赏花看月，莲香使酒意去了大半。这里对主人公的描绘，生动形象，让读者真切地体会到他的自在惬意。

整首词通过“夕照”“月上”的相互呼应，表现了时间推移变化，即从傍晚到夜，诗人一直在流连山水。最后以“水面风来酒面醒”作结，表现了词人陶醉于自然美景之中的情态。作者想象丰富，用语平实却极有表现力，选用了多种意象，刻意营造一种幽静的氛围，突出景物，淡化人物，从而获得了人物沉醉于景物之中的艺术效果，达到了赞颂西湖的目的。

◎轶闻异物录

晚　霞

晚霞是指傍晚日落前后天边出现的五彩缤纷的彩霞。晚霞的形成都是由于空气对光线的散射作用。当太阳光射入大气层后，遇到大气分子和悬浮在大气中的微粒，就会发生散射。这些大气分子和微粒本身是不会发光的，但由于它们散射了太阳光，使每一个大气分子都形成了一个散射光源。

根据瑞利散射定律，太阳光谱中波长较短的紫、蓝、青等颜色的光最容易散射出来，而波长较长的红、橙、黄等颜色的光透射能力很强。因此，我们看到晴朗的天空总是呈蔚蓝色，而地平线上空的光线只剩波长较长的黄、橙、红光了。这些光线经空气分子和水汽等杂质的散射后，那里的天空就带上了绚丽的色彩。

俗话说“朝霞不出门，晚霞行千里”。这就是说，早晨出现鲜红的朝霞，说明大气中水滴已经很多，预示天气将要转雨。如果出现火红色或金黄色的晚霞，表明西方已经没有云层，阳光才能透射过来形成晚霞，因此预示天气将要转晴。在日出和日落前后的天边，有时会出现五彩缤纷的霞。日出前后在东方天空看到的霞称早霞，日落前后的霞称晚霞。

采桑子[1]·平生为爱西湖好

平生为爱西湖好，来拥朱轮[2]。富贵浮云[3]，俯仰流年二十春[4]。

归来恰似辽东鹤，城郭人民[5]，触目[6]皆新，谁识当年旧主人？

◎注释

①采桑子：词牌名。

②朱轮：古代王侯贵族或臣子所乘坐的车子。因用朱红漆轮，而称朱轮。

③富贵浮云：这里指富贵于我如浮云的意思。

④二十春：这里指作者由离任颍州到致仕归颍，正好二十个年头。

⑤城郭人民：城郭还是旧有的，可人都不是原来的。感叹世事变迁，物是人非。

⑥触目：指目光所及，眼睛所看到的。

◎译文

我平生最喜爱的便是西湖美景，所以到这里来做了太守，荣华富贵对于我来说就如浮云飘散，时光飞逝，不知不觉已过了二十个春天。

这次归来，就像离家千年才化鹤归来的仙人丁令威，无论是城郭还是人民，一切都是过去所未见的。有谁还能认得当年曾任当地长官的我啊！

◎创作背景

这首《采桑子》是十首《采桑子》中的一首，创作背景可参考前篇。

◎赏析

这首词描写的是词人追述往年知颍州的经历及重返故地而引起的对世事沧桑的感慨，抒发了作者内心的怅惘与悲凉之感。

“平生为爱西湖好，来拥朱轮”，追述往年知颍州的这段经历。特意将“拥朱轮”知颍州和“爱西湖”联系起来，突出自己对西湖的爱早有渊源，也表现了自己淡泊名利、寄情山水的宿志。

“富贵浮云，俯仰流年二十春”，从过去回忆中回到现实，这二十来年中，词人从被贬谪外郡到重获起用、历任要职，到再度受黜，最后退居颍州，不但个人在政治上屡经升沉，而且整个政局也有很大变化，不免让作者深感功名富贵正如浮云变幻，既难长久，也不必看重了。“富贵浮云”引用孔子“富贵于我如浮云”之意，兼含变幻无常与视同身外之物两层意思。从“来拥朱轮”到“俯仰流年二十春”，时间跨度很大，中间种种，只用“富贵浮云”一语带过，许多难以明言也难以尽言之意尽在其中了。

“归来恰似辽东鹤”，点明视富贵如浮云以后的“归来”，与上阕起首“来拥朱轮”恰成对照。“辽东鹤”出自《搜神后记》卷一：“丁令威，本辽东人，学道于灵虚山，后化鹤归辽，集城门华表柱。时有少年举弓欲射之，鹤乃飞，徘徊空中而言曰：有鸟有鸟丁令威，去家千年今始归，城郭如故人民非，何不学仙冢累累！遂高上冲天。”用丁令威化鹤归来的传说，表现了作者怀着思恋颍州的心情久别重归，慨叹颍州依旧，而人世变迁的无奈。

“城郭人民，触目皆新，谁识当年旧主人”，这三句紧承上句，一气直下，尽情抒发世事沧桑之感。这里活用典故，改成“城郭人民，触目皆新”，与刘禹锡贬外郡二十余年后再至长安时作诗“不改南山色，其余事事新”用意相同，以突出世情变化，从而逼出末句“谁识当年旧主人”。欧阳修自己是把颍州当作第二故乡的，但人事多变，退居颍州后物是人非的情景，又不免使他产生一种怅惘与悲凉之感。

全词运用典故、化用成语，语言清新质朴、清疏润朗。主要是抒情，而且抒发的感情已不限于“西湖”，既像是西湖组词的抒情总结，又蕴含着更大范围的人生感慨。

◎轶闻异物录

辽东鹤

传说古时候有个人名叫丁令威，他是辽东（今辽宁东部）人，年轻时爱读《庄子》，喜欢研习道术。

有一天，丁令威外出游玩，和灵虚山的灵虚道长不期而遇。他看到灵虚道长鹤发童颜，宛如神仙下凡，便上前拜见，诚心诚意地说：“道长，您一定是个有道之人，请求您收我做徒弟吧！”灵虚道长朝丁令威打量了一下，见他还有些根基，而且十分诚心，便欣然同意，说：“好！我收你为徒，你跟我回灵虚山去学道吧！”丁令威高兴极了，行了拜师礼，便跟灵虚道长来到灵虚山灵虚谨观学道。他苦心修行，过了一千年，终于得道成仙。

这样又过了一些日子，丁令威忽然思念起家乡来，于是，他化成一只白鹤，飞回辽东。他停在城门的华表柱前，看到城郭依旧，而城里的人已全不认识了，不由十分感叹。这时，一个少年路过，看到华表柱上停着一只白鹤，便拿起弓，搭上箭，想把白鹤射下来。白鹤见了，振翅而飞，它在空中徘徊，口吐人语：“有鸟有鸟丁令威，去家千年今始归。城郭如故人民非，何不学仙冢累累。”说完，那白鹤冲天而起，向高空飞去，一会儿便飞得无影无踪了。后来，“辽东鹤”这一典故，用来写久别重归，慨叹人世的变迁，表达离开家乡的人对乡土的思恋。

减字木兰花[1]·伤怀[2]离抱

伤怀离抱，天若有情天亦老[3]。此意如何？细似轻丝渺似波。

扁舟[4]岸侧，枫叶[5]荻花秋索索。细想前欢，须著人间比梦间。

◎注释

①减字木兰花：词牌名，原唐教坊曲，双调四十四字，与“木兰花”相比，前后片第一、三句各减三字，改为平仄韵互换格，每片两仄韵，两平韵。

②伤怀：伤心，悲痛。

③天若有情天亦老：形容强烈的伤感情绪。出自唐代李贺的诗《金铜仙人辞汉歌》。

④扁舟：小船。

⑤枫叶：枫树叶。多指秋令变红的其他植物的叶子。诗文中常用来形容秋色。

◎译文

离人的怀抱才最感伤，老天倘若有感情，也会因离别而衰老；何谓离愁，有时如轻丝般纤细却缠绵悠远，有时又如波涛般前仆后继，永不停止。

小船停靠在湖岸边，枫叶、芦花在秋风里瑟瑟发抖，细想着过去与现在，旧时相聚的欢乐已一去不复返，除非相逢于梦中。

◎创作背景

这首词具体创作时间已不可考，从风格手法来看当是宋仁宗天圣年间（1029 年—1031 年）少年时期所作。写的是与女子别离的凄切之情，至于这位女子究竟是什么样的身份，与作者究竟是什么关系，现已很难考证。

◎赏析

此词向我们讲述的是有情人因离别而相隔万里，无法欢聚的惆怅，表达了词人对快乐时光容易消逝的感伤和深深的相思之情。

“伤怀离抱，天若有情天亦老”，开门见山直奔主题，表明伤感是因为离别的情绪。引用唐代李贺的“天若有情天亦老”。

“此意如何？细似轻丝渺似波”，以设问的形式问道：你能知道这番深意是怎样的吗？这种离愁，细软得像轻丝那样缠绕不清，缥缈得像微波那样延续不断。自问自答，离愁细如丝却反复萦绕心头，抒发离别时的悲凉痛苦情感。

“扁舟岸侧，枫叶荻花秋索索”，回忆离别场景。把人送走后，作者还独自站立在岸边，目送着白帆远去后，才发现这里剩下的，只有白居易诗中“枫叶荻花秋瑟瑟”的意境。

“细想前欢，须著人间比梦间”，“前欢”表明以前相聚的欢乐，不能失而复得，必须要让人世间改变成梦间才可以。旧时的欢乐与眼前的孤独索寞形成的对比，就如同冰冷的人间和美梦中的情景一样不可同日而语。这种强烈的对比，更加大了作者心理上的落差，正是这种落差，令人感到他的情意是何等真挚。

全词对景色的描写轻盈而开阔。对情的描写，婉转细腻，缠绵悱恻，真情灼然，只觉情丝难断，恍如一梦。

诗人李贺

李贺（约 791 年—约 817 年），字长吉，是“长吉体诗歌开创者”。唐代河南福昌（今河南洛阳宜阳县）人，家居福昌昌谷，后世称李昌谷，是唐代宗室，唐高祖李渊的叔父李亮（大郑王）后裔。有“诗鬼”之称，是与“诗圣”杜甫、“诗仙”李白、“诗佛”王维齐名的唐代著名诗人。有《雁门太守行》《李凭箜篌引》等名篇。

李贺是中唐的浪漫主义诗人，与李白、李商隐并称为唐代三李，是中唐到晚唐诗风转变期的一个代表者。他所写的诗大多是慨叹生不逢时和内心苦闷，抒发对理想、抱负的追求；对当时藩镇割据、宦官专权和人民所受的残酷剥削都有所反映，留下了“黑云压城城欲摧”“雄鸡一声天下白”“天若有情天亦老”等千古佳句。

李贺的诗作想象极为丰富，经常应用神话传说来托古寓今，所以后人常称他为“鬼才”“诗鬼”，称其创作的诗文为“鬼仙之辞”。有“太白仙才，长吉鬼才”之说。李贺是继屈原、李白之后，中国文学史上又一位颇享盛誉的浪漫主义诗人。

减字木兰花[①]·楼台向晓[②]

楼台向晓，淡月低云天气好。翠幕[③]风微，宛转[④]梁州[⑤]入破[⑥]时。

香生舞袂，楚女[⑦]腰肢天与[⑧]细。汗粉重匀，酒后轻寒不著[⑨]（zhuó）人。

◎注释

①减字木兰花：词牌名，又叫减兰、木兰香、天下乐令、玉楼春、偷声木兰花、木兰花慢等。

②向晓：指拂晓时分。

③翠幕：比喻苍翠浓荫的林木。

④宛转：形容声音圆润柔媚，悠扬动听。

⑤梁州：唐宋时有管理音乐的官署为教坊，《梁州》为唐代教坊曲名。

⑥入破：指音乐节奏骤变，由缓慢而转入快拍。唐宋大曲的第三部分。大曲每套都有十余遍，归入散序、中序、破三大段。《新唐书·五行志二》："至其曲遍繁声，皆谓之'入破'……破者，盖破碎云。"吴熊和《唐宋词通论·词调》："中序多慢拍，入破以后则节奏加快，转为快拍。"

⑦楚女：楚国女子。《墨子·兼爱中》："昔者楚灵王好细腰。"杜牧《遣怀》："楚腰纤细掌中轻。"后多以楚女泛指细腰女子。

⑧天与：指舞女天生丽质。

⑨著：附着、附加。

◎译文

拂晓时分的楼台，月儿淡淡，云儿低垂，天气格外美好，林中微风传出婉转动听的《梁州》曲，音乐节奏由缓慢而转入快拍。

裙带随舞飘扬，一阵阵暗香随风而来，楚女般的腰肢天生丽质，她们擦去香汗，重匀脂粉，饮酒祛寒后，显得更加婀娜动人。

◎创作背景

这首词具体创作时间已不可考，据词意应作于宋仁宗天圣（1023年-1032年）末年，是欧阳修早期在洛阳任职留守推官时的作品。

◎赏析

此词向我们描绘了作者于楼台上听乐赏舞的情景，主要展现了歌女精湛的舞技和天生丽质的动人身姿，表达了词人对舞女的赞美和倾慕。

“楼台向晓，淡月低云天气好”，点明地点、时间，“向晓”与“淡月”暗示宴会持续时间长和与宴者内心的欢快尽兴。

“翠幕风微，宛转梁州入破时”，在夜色将阑的时候，《梁州》曲的节拍由慢而快，于自然之中聆听人声，突出音乐旋律的悠扬动听。

“香生舞袂，楚女腰肢天与细”，直接描写歌女神态动作，给人以感官上的享受。随着乐曲翩翩而舞，舞女长袖生香，天生纤腰婀娜多姿，以及舞女跳舞的专注所带给人们的美的享受，展现了与宴者对舞女的欣赏与痴迷。

“汗粉重匀，酒后轻寒不著人”，写歌舞之后，舞女擦去香汗，重匀脂粉，而喝酒祛寒后，显得更加妩媚动人。

就题材而言，这首词在欧词中属于侧艳类，但艳而不俗，侧面反映出欧阳修少年时期在洛阳生活的情景。

楚灵王

楚灵王，本名芈围，是楚共王的次子，杀了侄儿楚郏敖自立，即王位后改名虔。

楚灵王偏爱细腰之士，“楚王好细腰，宫中多饿死”，就是指的他。所以朝中一班大臣，把一日三餐减为只吃一餐。起床整装，先要屏住呼吸，然后把腰带束紧，扶着墙壁站起来。等到一年后，满朝文武官员脸色都是黑黄黑黄的了。楚灵王六年，造章华宫，又称细腰宫。

两千多年来，楚灵王作为暴君昏主的典型而受到历代文人的批评。楚灵王即位时，是楚国与晋国平分霸权的时候。但是当他临死的时候，却没有立足之地，这些都是他亲手造成的。楚灵王对外穷兵黩武。但其实，他是一个性格、行事都颇为复杂的人物，作为春秋时代有名的昏暴之君，他有着这类人物共有的本性。但楚灵王并非一无是处，他登位前曾与将领穿封戌争功，太宰伯州犁暗示俘虏自认是被当时还叫公子围的灵王所俘，气得穿封戌抽出兵器追逐公子围。但他登位后，却因此认为穿封戌不是谄媚之徒，灭陈后封他为陈公，倒是对曾献媚于他的伯州犁不放心，将其杀死。他灭掉蔡国时，对蔡国的忠臣没有杀戮反而留用。由此也为自己埋下了祸根，这些仍然心系复国的人后来成了公子弃疾的同谋。此外，他敬重左史倚相那样的读书人，称他为良。

减字木兰花·画堂雅宴[①]

画堂雅宴，一抹[②]朱弦[③]初入遍[④]。慢捻轻笼[⑤]，玉指纤纤嫩剥葱[⑥]。

拨头[⑦]惚（còng）利[⑧]，怨月愁花无限意。红粉轻盈[⑨]，倚暖香檀[⑩]曲未成。

◎注释

① 画堂雅宴：指在彩绘厅堂举行歌舞宴席。

② 抹：轻按。是弹奏弦乐器的一种指法。

③ 朱弦：用练丝（即熟丝）制作的琴弦。

④ 入遍：初始弹奏第一章。遍：曲调中的一解，指一章。

⑤ 捻：搓。笼：拢，抚。均为弹奏琵琶的手法。

⑥ 嫩剥葱：形容女子手指纤细白嫩。

⑦ 拨头：舞蹈名。唐代西域传入中原的民间歌舞节目。

⑧ 惚利：失意的样子。

⑨ 红粉轻盈：指舞女轻灵美好。红粉：妇女化妆用的胭脂与白粉。代指美女。

⑩ 香檀：指檀槽，弦乐器架弦的架子。

◎译文

雕梁画栋的大厅里正举行高雅的宴会，歌女一抹琴弦开始弹奏第一章。轻轻地拢，慢慢地捻，纤长的细指犹如嫩葱。

跳着拨头舞抑郁低落，带着愁怨的花月自有无限深意。舞女身姿轻灵美好，倚着檀槽未弹成一首曲子。

◎创作背景

这首词具体创作时间已不可考，据词意，约作于宋仁宗天圣（1023年—1032年）末年，是欧阳修早期在洛阳任职留守推官时的作品。

◎赏析

这首词描绘了一位在歌舞筵席上侑酒佐欢的歌女形象，字里行间隐藏着作者对歌女的同情。

“画堂雅宴，一抹朱弦初入遍”，点明宴会在宽敞的画阁里进行，其后进入正题，写女子弹奏琵琶的技巧。

“慢捻轻笼，玉指纤纤嫩剥葱”，将《琵琶行》里“轻拢慢捻抹复挑”的成句搬移到词中，显得朴素真切。欣赏琵琶的人，不可能不同时欣赏弹奏者高超的技巧，于是作者的目光自然而然地落在了女子的手上，又把白居易的“十指剥春葱”挪移过来，于是翻新成了另一个完美的琵琶女。这种移花接木的效果，往往比自出机杼更有神趣。

“拨头憁利，怨月愁花无限意”，指出女子弹奏的曲子是《拨头》，紧接着表明女子的弹奏一定触动到她内心的隐痛，她是把自己想象成了皎月和鲜花，其晶莹娇美本该得到尊重和欣赏，如今却沦落到为人佐酒的卑贱地步，其中的“无限意”怕是无人理解。

“红粉轻盈，倚暖香檀曲未成”，承接上句，表明作者似乎隐隐感到了女子情绪的变化，所以对这位“红粉轻盈”的歌女为什么突然停止弹奏的疑问没有道破，留给读者去细细体会，这个出人意料的结局，是这首词特别成功的设计。

整首词结构层次分明，层层递进，逐渐展现歌女的内心世界，在那个歌女地位卑微的社会，作者透过表面看到其内心的波澜脆弱，并给予理解，显示了作者非同一般的观察力。

檀　香

檀香木，又名白檀，属檀香科常绿乔木，原产印度、印尼、澳大利亚和非洲。我国台湾、广东也有引种栽培。它的花初开时黄色，后血红色，木材奇香，常作为高级器具、镶嵌、雕刻等用材。

北京雍和宫的白檀雕像——巨佛，高二十六米，直径三米，由整根檀香木雕琢而成，是举世无双的艺术珍品。 檀香木—— 此与中国香木相似，产于东亚及西亚，移植于黎巴嫩山。其木质坚，纹细有香，高二至三丈，为建圣殿之材料。

檀香木属植物科中檀香科，其中又以产自印度的老山檀为上乘之品。印度檀香木的特点是其色白偏黄，油质大，散发的香味恒久。而澳大利亚、印尼等地所产檀香其质地、色泽、香度均有逊色，称为“柔佛巴鲁檀”。多数新砍伐的檀木,近闻,常带有刺鼻的香味和特殊的腥气，所以制香时往往要先搁置一段时间，待气息沉稳醇和后再使用，有存放几十年甚至上百年的檀香，这时檀香木的香味已经非常温润、醇和可谓檀香极品之极品。檀香树是一种半寄生植物，生长极其缓慢，通常要数十年才能成材，是生长最慢的树种之一，成熟的檀香树可高达十米。檀香树非常娇贵，在幼苗期还必须寄生在凤凰树、红豆树、相思树等植物上才能成活。因此檀香的产量很有限，人们对它的需求又很大，所以从古到今，它一直都是既珍稀又昂贵的木材。

减字木兰花·歌檀敛袂[①]（mèi）

歌檀敛袂，缭绕雕梁尘暗起[②]。柔润清圆，百琲（bèi）明珠[③]一线穿。

樱唇玉齿[④]，天上仙音[⑤]心下事。留往行云[⑥]，满坐迷魂[⑦]酒半醺[⑧]（xūn）。

◎注释

① 歌檀敛袂：指女子歌唱时的动作。歌檀：边拍檀板边唱歌。敛袂：整理衣袖。

② 缭绕雕梁尘暗起：渲染女子歌声清越和悠长，余音绕梁不绝的特点。出自《列子·汤问》："昔韩娥东之齐，匮粮，过雍门，鬻歌假食，既去而余音绕梁，三日不绝，左右以其人弗去。"及："善歌者鲁人虞公，发声清哀，盖动梁尘。"

③ 百琲明珠：十贯或五百枚珠子为一琲，百：形容其多。王嘉《拾遗记》："石崇屑沉水之香如尘末，布在席上，使所爱者践之。无迹者赐真珠百琲。"

④ 樱唇玉齿：唇如樱桃，齿如白玉，形容佳人唇齿秀美。

⑤ 仙音：形容女子唱歌动听，美妙绝伦。

⑥ 留往行云：比喻女子歌技高超，歌声优美。《列子·汤问》："薛谭学讴于秦青，未穷秦青之技，自谓尽之，遂辞归。秦青弗止，饯行于郊衢，抚节悲歌，声振林木，响遏行云。薛谭乃谢求反，终生不敢言归。"

⑦ 迷魂：这里指被歌声陶醉。

⑧ 醺：酒醉。

◎译文

歌女整好衣服，击打檀板，举止从容大方。她的歌声时而高亢嘹亮，经久不息；时而轻柔圆润，如百琲明珠缠绵不绝。

歌女唇如樱桃，齿如白玉，美妙的歌喉发出天籁之音，使那行云都停留下来了，满座的与宴者都已如痴如醉。

◎创作背景

这首词具体创作时间已不可考，应作于宋仁宗天圣（1023 年—1032 年）末年，是欧阳修早期在洛阳任职留守推官时期的作品。

◎赏析

这首词通过对歌女高超的歌艺和演奏效果的描写，抒发了词人对歌女的赞美之情。

“歌檀敛袂”，写的是歌女开始演唱前的动作，她稍稍敛折好衣袖，轻轻拍打檀板。

“缭绕雕梁尘暗起”，分别用了传说中两位著名歌者的典故：一是韩娥余音绕梁三日不绝，一是虞公高亢清越之音震动梁上灰尘。词人借此突出写描这位歌女歌唱声回旋嘹亮。

“柔润清圆，百琲明珠一线穿”，将她的歌声比作数百串明珠串在一起，既悠长又圆润。显示了歌女声音不仅高亢嘹亮而且细腻圆润，十分高超。

“樱唇玉齿”，看似是对歌女的外貌描写，实则暗指其朱唇轻启便是天籁之音。

“天上仙音心下事。留往行云”，说明她能巧妙地将美妙的歌声与内心情感结合起来，她是在用心灵歌唱，能引起听者的共鸣。

“满坐迷魂酒半醺”，通过在座听众早已如痴如醉，来烘托其技艺的高超。而作者亦为听众之一，间接表达了自己早已如其他客人般深深陶醉于天籁声中，无法自拔。

整首词中，词人运用夸张的手法，并引用典故，从听觉

和视觉的不同角度形象再现了歌声的清越悠长，高亢缭绕。手法之高明令人折服。

◎轶闻异物录

列　子

列子（约前 450 年—前 375 年）是战国前期道家代表人物。名寇，又名御寇（“列子”是后人对他的尊称），华夏族，周朝郑国圃田（今河南省郑州市）人，古帝王列山氏之后。先秦天下十豪之一，著名的道学者思想家、哲学家、文学家、教育家。

列子，是老子和庄子之外的又一位道家思想代表人物，是介于老子与庄子之间道家学派承前启后的重要传承人，与郑缪公是同时其的人。其学本于黄帝老子，主张清静无为。

《列子》又名《冲虚经》，是道家重要典籍。汉书《艺文志》著录《列子》八卷，早佚。现在的《列子》八卷，从思想内容和语言使用上看，可能是后人根据古代资料编著的。经魏晋南北朝的演变，《老》《文》《列》《庄》取代黄老学派成为道家思想的主流。对于列子在中国文学史和思想史上的重要贡献，封建帝王尤为重视，唐玄宗天宝元年（742 年）封列子为“冲虚真人”，所著《列子》诏称《冲虚真经》；宋徽宗封列子为“致虚观妙真君”；北宋景德年间加封“至德”。

列子著书常言人之所未言，气伟而才奇、简劲宏妙，全书共载民间故事寓言、神话传说等一百三十四则，题材广泛，富有教育意义，且对后世哲学、美学、文学、科技、养生、乐曲、宗教影响非常深远，贡献巨大。

踏莎（suō）行[①]·候馆[②]梅残[③]

候馆梅残，溪桥柳细，草薰[④]风暖摇征辔[⑤]（pèi）。离愁渐远渐无穷，迢迢[⑥]不断如春水。

寸寸柔肠[⑦]，盈盈[⑧]粉泪[⑨]，楼高莫近危阑[⑩]倚。平芜[⑪]尽处是春山，行人更在春山外。

◎注释

①踏莎行：词牌名，又称踏雪行、踏云行、柳长春、惜余春、转调踏莎行等。

②候馆：为供瞭望用的小楼。这里指接待过往官员，旅客的驿馆。

③梅残：指梅花凋零。

④草薰：指路上的草香怡人。薰：花草的香气。化用南朝梁江淹《别赋》“闺中风暖，陌上草薰”。

⑤征辔：行人坐骑的缰绳。辔：缰绳。

⑥迢迢：形容遥远的样子。

⑦寸寸柔肠：柔肠寸断，形容愁苦到极点。

⑧盈盈：晶莹的泪水充溢眼眶的样子。

⑨粉泪：泪水流到脸上，与粉妆和在一起。指女子的泪水。

⑩危阑：也作“危栏”，指高楼上的栏杆。

⑪平芜：指草木丛生的平旷原野。芜：草地。

◎译文

驿馆旁的梅花已经凋落，溪桥边的柳叶抽出细长的嫩叶，青草的香味在春风中弥漫，行人扬起马鞭。走得越远，离愁就越没有尽头，像迢迢不断的春江水。

心中只觉肝肠寸断，眼泪溢出眼眶湿了脸庞，难过时千万不要登高凭眺。平坦的草地尽头是连绵春山，行人还在那重重春山之外。

◎创作背景

这首词作于宋仁宗明道元年（1033年），暮春，那时在洛阳担任留守推官的欧阳修，不满于骈文的拘谨，凭借自己丰富的学识，以效法先秦两汉的古人为手段，力图打破当时陈腐的文风。这首词便是欧阳修词的代表作之一。

◎赏析

这首词通过对早春南方行旅与闺中妇人登高远望的描写，抒发了作者浓浓的相思之情。

“候馆梅残，溪桥柳细，草薰风暖摇征辔”，写离家远行的人在旅途中的所见所感。融怡明媚的春光，既让人流连欣赏，却又容易触动离愁。梅残、柳细、草薰、风暖，指出时令正当仲春，以实景暗示、烘托离别。从“摇征辔”的“摇”字中可以想象行人骑着马儿不舍离别顾盼徐行的情景。

“离愁渐远渐无穷，迢迢不断如春水”，因为所别者是自己深爱的人，所以这离愁便随着分别时间之久、相隔路程之长越积越多，就像眼前这迢迢溪水一样，来路无穷，去程不尽。此二句即景设喻，即物生情，以水来比喻离愁，既贴切又柔美。

“寸寸柔肠，盈盈粉泪，楼高莫近危阑倚”，写闺中少妇对陌上游子的深切思念。“柔肠”而说“寸寸”，“粉泪”而说“盈盈”显示出女子思绪的缠绵深切。从“迢迢春水”到“寸寸肠”“盈盈泪”，其间又有一种自然的联系。接下来一句“楼高莫近危阑倚”，是行人心里对泪眼盈盈的闺中人深情的体贴和嘱咐，也是思妇既希望登高眺望游子踪影又明知徒然的内心挣扎。

“平芜尽处是春山，行人更在春山外”，写少妇的凝望和远游之人的想象，是游子想象闺中人凭高望远而不见所思之人的情景：展现楼前的，是一片杂草繁茂的原野，原野的尽头是隐隐春山，所思念的行人，更远春山之外，渺不可寻。行者不仅想象到居者登高怀远，而且深入到对方的心灵对自己的追踪。如此写来，既表现了两人情意深长又显示出离别的哀婉欲绝。“春山外”春山本无内外之别，词人将其界定，写出居者念远的迷茫心境，颇令人玩味。

整首词巧妙地运用了以乐写愁、实中寓虚、化虚为实等艺术手法，笔调细腻委婉，寓情于景，含蓄深沉。把离愁表现得淋漓尽致，产生了巨大的艺术魅力，使人百读不厌。

◎轶闻异物录

江郎才尽

江郎指江淹（444 年— 505 年），字文通，南朝著名文学家、散文家，历仕三朝，宋州济阳考城（今河南省商丘市民权县程庄镇）人。他年轻时的诗和文章在当时获得极高的评价。可当他年纪渐渐大了以后，他的文章不但没有以前写得好了，而且退步不少。他的诗写出来平淡无奇，而且提笔吟握好久，依旧写不出一个字来；偶尔灵感来了，诗写出来了，但文句枯涩，内容平淡得一无可取。于是就有人传说，有一次江淹乘船停在禅灵寺的河边，梦见一个自称叫张景阳的人，向他讨还一匹绸缎，他就从怀中掏出几尺绸缎还他。因此，他的文章以后便不精彩了。又有人传说，有一次江淹在冶亭中睡午觉，梦见一个自称郭璞的人，走到他的身边，向他索笔，对他说：“文通兄，我有一支笔在你那儿已经很久了，应该可以还给我了吧！”江淹听了，就顺手从怀里取出一支五色笔来还他。据说从此以后，江淹就文思枯竭，再也写不出什么好的文章了。

踏莎行[①]·雨霁[②]风光

雨霁风光，春分[③]天气，千花百卉争明媚。画梁[④]新燕一双双，玉笼[⑤]鹦鹉愁孤睡。

薜（bì）荔[⑥]依墙，莓苔[⑦]满地，青楼[⑧]几处歌声丽。蓦然旧事上心来，无言敛皱眉山[⑨]翠。

◎注释

① 踏莎行：词牌名，又称《喜朝天》《柳长春》《踏雪行》《平阳兴》《踏云行》《潇潇雨》等。双调小令，五十八字，上下片各三仄韵。四言双起，例用对偶。

② 雨霁：指雨过天晴。

③ 春分：二十四节气之一，在每年公历 3 月 20 日或 21 日。这天太阳直射赤道，南北半球昼夜长短平分，所以叫春分。

④ 画梁：有彩绘装饰的屋梁。

⑤ 玉笼：玉饰的鸟笼。多用为鸟笼的美称。

⑥ 薜荔：常绿藤本植物。又叫凉粉子，木莲等。

⑦ 莓苔：青苔。

⑧ 青楼：原指豪华精致的雅舍。这里指妓院。那时候的青楼并不是像现在的影视作品中看到的那样艳丽庸俗，实际上她们大多数都是才貌双全，能谈会唱，十分高雅的人。

⑨ 眉山：形容女子秀丽的双眉。

◎译文

一场春雨过后，天空放晴，春分天气，处处好风光。百花绽放，姹紫嫣红。画梁上，刚归来的燕子，出双入对。玉笼里的鹦鹉却在发愁自己孤独而睡。

薜荔香草傍墙而上，地面上满是青苔绿藓，远处的青楼依稀传来清丽的歌声。往事悄然涌上心头，不禁沉默无言，眉头紧皱，远山眉色变成了青绿。

◎创作背景

这首词具体创作时间已不可考，据词意应为宋仁宗景祐三年（1036年），欧阳修任夷陵县令时作。欧阳修对女性的心理有颇深体会，他以相当谅解的同情心描写女性的心情，而不是只把她们当成艺术品去欣赏。

◎赏析

这首词通过对深居简出的女子，独自游春，触景生情，不禁悲从中来的凄苦情境的描写，表达了女子内心的苦涩与孤寂。

"雨霁风光，春分天气，千花百卉争明媚"，写雨过天晴，百花争艳正是一年好风光。

"画梁新燕一双双，玉笼鹦鹉愁孤睡"，以成双的燕子反衬孤眠的鹦鹉春景，成为对比强烈的两个具象，以乐景衬哀景，突出表现了主人公的孤独。

"薜荔依墙，莓苔满地，青楼几处歌声丽"，同上阕的明丽春景截然不同，这也是使观赏者思旧的契执 。

"蓦然旧事上心来，无言敛皱眉山翠"，承接上句，雨后潮湿的苔藓，与青楼的歌声，勾起了主人公对旧事的回忆，"旧事"，既有甜蜜的，亦有苦涩的，这里当指苦涩的，指心上人沉迷于游冶，不时到青楼寻欢作乐，感慨自己正如笼中的鹦鹉一般形单影只。而"敛皱眉山"就是明证。

在这首词中，词人由景到情，情景交融，借美景道出难言的心境。上下两阕用今昔对比，描写出一个突然悲从中来，却无以诉说，只有独自体味这深沉的痛苦的形象。言简意深，令人印象深刻。

春　分

春分，是春季九十天的中分点。二十四节气之一，每年公历大约为 3 月 20 日左右。春分这一天太阳直射地球赤道，南北半球季节相反，北半球是春分，在南半球来说就是秋分。春分是伊朗、土耳其、阿富汗、乌兹别克斯坦等国的新年，有着三千年的历史。

《月令七十二候集解》：“二月中，分者半也，此当九十日之半，故谓之分。秋同义。”《春秋繁露·阴阳出入上下篇》说：“春分者，阴阳相半也，故昼夜均而寒暑平。”春分也是节日和祭祀庆典，古代帝王有春天祭日，秋天祭月的礼制。周礼天子日坛祭日。《礼记》：“祭日于坛。”孔颖达疏：“谓春分也”。清潘荣陛《帝京岁时纪胜》：“春分祭日，秋分祭月，乃国之大典，士民不得擅祀。”春分，古时又称为“日中”“日夜分”“仲春之月”。《明史·历一》说：“分者，黄赤相交之点，太阳行至此，乃昼夜平分。”所以，春分的意义，一是指一天时间白天黑夜平分，各为十二小时；二是古时以立春至立夏为春季，春分正当春季三个月之中，平分了春季。

古代黄河流域与之相应的物候现象为“玄鸟至，雷乃发声，始电”(见《农桑通诀》)。这时我国大部分地区越冬作物进入春季生长阶段。华中地区农谚：“春分麦起身，一刻值千金。”春分亦是传统节日。在周代，春分有祭日仪式。

南朝梁宗懔《荆楚岁时记》载：“春分日，民并种戒火草于屋上。有鸟如乌，先鸡而鸣，架架格格，民候此鸟则入田，以为候。”明代山东淄川于是日栽植树木，作春酒，酿酷。《文水县志》载：“春分日，酿酒拌醋，移花接木。”

生查（zhā）子·含羞整翠鬟[①]（huán）

含羞整翠鬟，得意频相顾。雁柱十三弦[②]，一一春莺语。

娇云容易飞，梦断知何处[③]？深院锁黄昏，阵阵芭蕉雨。

◎注释

①翠鬟：指美发。鬟：妇女环形发髻。

②雁柱十三弦：筝有十三弦，乐器筝上整齐排列的弦柱叫雁柱。这里均代指古筝。

③“娇云”二句：语出宋玉《高唐赋》：“昔者楚襄王与宋玉游于云梦之台，望高唐之观，其上独有云气，崒兮直上，忽兮改容，须臾之间，变化无穷。王问玉曰：‘此何气也？’玉对曰：‘所谓朝云者也。’王曰：‘何谓朝云？’玉曰：‘昔者先王尝游高唐，怠而昼寝，梦见一妇人曰：妾，巫山之女也。为高唐之客。闻君游高唐，愿荐枕席。王因幸之。去而辞曰：妾在巫山之阳，高丘之阻，旦为朝云，暮为行雨。朝朝暮暮，阳台之下。’旦朝视之，如言。”

◎译文

她似娇还羞地抚着秀发乌鬟，笑靥盈盈，秋波流转，频频顾盼。玉手纤指轻弹，筝声婉转欢快，琴弦飞荡回旋，似春莺传情，低语交欢。

曲罢人去，宛如飞云飘逸，只留下娇柔的身影。春梦已断，不知何处寻觅。庭院深深，锁住的是寂寞和黄昏，还有那阵阵凄雨敲打芭蕉声。

◎创作背景

这首词的具体创作时间已不可考，据词意应是作者年轻时期的作品。此词是用男子的口吻，回忆自己喜欢的一位女子弹筝的情景，是一首意味隽永的词中小品。

◎赏析

这首词通过对过去幸福时光的回忆与现实的寂寞生活做比较，表达了作者对佳人的爱慕与相思之情。

“含羞整翠鬟”，写女子在与情郎相聚时弹筝的情景。在弹筝之前，她娇羞怯怯，理了理头发。“含羞”二字表现出女子的娇柔之美。“整翠鬟”三字把她内心深处一股难以名状的激动感情恰当地反映出来。

“得意频相顾”，写这女子弹筝弹到高潮，她的感情已和筝声融为一片，忘记了方才的羞怯，不时地回眸一顾，看看身旁的少年。这是用白描的手法表现演奏者与欣赏者的感情交流，写得非常准确而生动。

“雁柱十三弦，一一春莺语”，筝声，无论在视觉和听觉上都给人以美感。而“十三”“一一”两组数字，使人觉得女子的十指在一一按动筝弦，轻拢慢捻，很有节奏。随着十指的滑动，弦上发出悦耳的曲调。在这里，词人着一“语”字，又进一步拟人化，好像这弦上发出的声音在倾诉女子的心曲。而这心曲又是愉悦的，象征着他们的爱情十分美满。

“娇云容易飞，梦断知何处”，“娇云”二句，语本宋玉《高唐赋》，暗示他们在弹筝之后曾有一段幽会。然而好景不长，他们很快分离了。着以“容易”二字，说明他们的分离是那样的轻易、那样的迅速，其中充满了懊恼与怅恨，也充满了怜惜与怀念之情。“梦断”，一觉醒来，仍被冷冷清清的氛围所笼罩。表现了孤栖时刻幽寂凄清的况味。

“深院锁黄昏，阵阵芭蕉雨”，用昏暗的外景，渲染内心的相思之苦。

这首词在艺术上具有很多特点：一是巧妙地运用了哀乐对比手法，使哀情更为动人；二是虚实相间、错综叙写使词中的感情不会变得单调；三是善于运用比喻，如以“雁行”比筝柱，以“莺语”拟筝声，以“娇云”状远去的弹筝女子，以雨打芭蕉喻筝中的哀音，或明比，或暗喻，都增加了词的形象性和感染力。令人读之，宛若词中人。

◎轶闻异物录

古筝的起源

古筝又名汉筝、秦筝、瑶筝、鸾筝，属于弹拨乐器。它是中国独特的、重要的民族乐器之一。它的音色优美，音域宽广，演奏技巧丰富，具有相当强的表现力，因此深受人民群众的喜爱。现在也出现了小古筝、便携式古筝、迷你古筝、半筝、新筝、十二平均律转调筝。古筝是一种伴随中国悠久文化，在肥沃的黄土地上土生土长的古老民族乐器。

关于古筝的起源，众说纷纭，其中一种说法是早在公元前 5 世纪至公元前 3 世纪的战国时代，广泛流传于当时的秦国（现在的陕西）一带，是当时的秦人造出来的，所以古筝又被称为秦筝。另一种说法认为筝是战国时的一种兵器，作战时用于竖着挥起打人。有一句古话叫“筝横为乐，立地成兵”。后来有人在古筝上面加上琴弦，拨动时发现发出的声音悦耳动听，于是发展成乐器。随着时间的推移，兵器的样式越来越轻便，筝这种体形庞大、质量不轻、携带不便的兵器就被遗弃了。所以，现在人们见到的筝都是以乐器的形式出现的，形态优美，并附有装饰。还有一种说法是筝乃“五弦、筑身”。但是“筑”是什么样式的，历代文献都语焉不详。更有人说筝乃蒙恬所造，不过据后来的研究者考证，蒙恬造筝并不具备这种可能性。一直到今天，筝的起源依然备受争议，至今还是一个谜，还需要我们继续探求。

诉衷情[①]·眉意

清晨帘幕卷轻霜[②]，呵手[③]试梅妆[④]。都缘[⑤]自有离恨[⑥]，故画作远山[⑦]长。

思往事，惜流芳[⑧]。易成伤。拟歌先敛[⑨]（liǎn），欲笑还颦[⑩]（pín），最断人肠[⑪]。

◎注释

①诉衷情：原为唐教坊曲名，后用为词牌名。唐温庭筠取《离骚》“众不可户说兮，孰云察余之中情”的意思，创制此调。双调四十四字，上下片各三平韵。

②轻霜：薄霜，表明时节已是初秋。

③呵手：指向手嘘气，让手变得暖和起来。

④试梅妆：指试着描画梅花妆。梅妆：“梅花妆”的简称。始于南朝宋寿阳公主。《太平御览》卷三十《时序部》引《杂五行书》：“宋武帝女寿阳公主一日卧含章殿檐下，梅花落公主头上，成五出花，拂之不去。皇后留之，看得几日，三日后洗落。宫女奇异竟仿，今日梅妆是也。”

⑤缘：因为。

⑥离恨：因别离而产生的愁苦。南朝梁吴均《陌上桑》诗：“故人宁知此，离恨煎人肠。”

⑦远山：指远山眉。形容把眉毛画得又细又长，有如水墨画的远山形状。这里比喻离恨的深长。

⑧流芳：流逝的年华。

⑨敛：收敛表情。

⑩颦：皱眉，忧愁的样子。

⑪断人肠：形容极度悲痛。

◎译文

清晨我将结着清霜的幕帘卷起，呵暖双手试梳新式的梅花妆。都怪内心有太多离愁别恨，所以才会把双眉涂得像远山那么长。

不觉回想起往事，痛惜流逝的年华，更容易使人感伤。想唱歌却收敛容貌，想欢笑却眉头紧皱，这样的日子最令人痛断肝肠。

◎创作背景

这首词是写一个歌女的生活，具体创作时间待考。欧阳修在政治生活中，刚劲正直，见义勇为，他的诗文和部分“雅词”表现了其性格中的这一面。在他的日常私生活，尤其是年轻时的生活中，则有些风流放任,因而也写了一些带“世俗之气”的艳词。这首《诉衷情》就是其中一首。

◎赏析

这首词通过描写女子的生活片段，即在冬日的清晨起床梳妆时的生活情景，展现了她痛苦与苦闷的内心世界，表达了作者对女主人公处境的同情。

“清晨帘幕卷轻霜，呵手试梅妆”，通过对周围环境的描写点明时间是在冬日的清晨。“帘幕卷”，暗示她已起床，虽然时间尚早，却要起床梳妆，表现出日常生活的艰辛。“轻霜”，暗示气候微寒。因微寒而呵手，可见女主人公的娇怯。“试梅妆”，则突出她的秀慧俏丽。

“都缘自有离恨，故画作远山长”，古人有以山水喻别离的习惯，眉黛之长，象征水阔山长。从歌女一番对镜梳妆、顾影自怜的举动中，尤其是从她描眉作“远山长”当中，可以窥见她内心的凄苦孤独和对爱情的渴望。词人高明的地方，是融情入景。把眉画作“远山”，不是因为它好看，而是“都缘自有离恨”，把画眉与思人联系得十分巧妙。

“思往事，惜流芳。易成伤”，从举止、容色中，词人窥测女子有感伤的情绪，大概她正在思量着难追的往事，惋惜着易逝的芳年，内心伤感不已。此三句，极其成功地对女主人公进行了心理刻画，仅用寥寥数语便充分表现了她内心的痛楚和感伤。

“拟歌先敛，欲笑还颦，最断人肠”，活灵活现地刻画出女主人公无法获得幸福生活而为生计被迫卖唱的痛苦心情，道出了她对于自身命运不能自主而只得让美好年华虚度在陪人欢笑上的凄苦和悲凉，把一个心有千千结而又不得不强颜欢笑的女子写活了。她诚于中而形于外,人则见其外而知其中，故此情此态，最得知心者怜爱而为之魂销，因魂销乃至肠断。末句“最断人肠”隐含着作者的同情，语简意深，十分传神。

全词语浅情深，言短味长，写人眉目传神，入木三分，用简单的语言写出了当时社会的黑暗与专制，充分体现了词人的悲悯之心，反映出词人善于发现，并用心去感受贫苦人民的生活方式，用诗词来反映底层人民的悲欢离合。而这也正是此词能够令读者动情之处。

◎轶闻异物录

“梅花妆”由来

据北宋《太平御览》记载，南朝宋武帝刘裕女儿寿阳公主，在一年正月初七仰卧于含章殿下，殿前的梅树被微风吹落一朵梅花，正好粘在公主的额上，怎么都揭不下来。于是，皇后就把公主留在自己身边，观察了好长时间。三天后，梅花被清洗了下来，但公主额上却留下了五个花瓣的印记。宫中女子见公主额上的梅花印非常美丽，都想效仿，于是就剪梅花贴于额头，被称为“梅花妆”。

这种装扮传到民间，成为民间女子、官宦小姐及歌伎舞女们争相效仿的时尚妆容，一直到唐五代都非常流行。

朝中措[①]·送刘仲原甫[②]出守维扬[③]

平山[④]阑槛[⑤]倚晴空，山色有无中[⑥]。手种堂前垂柳[⑦]，别来[⑧]几度春风。

文章太守[⑨]，挥毫万字[⑩]，一饮千钟[⑪]。行乐直须[⑫]年少，尊[⑬]前看取衰翁[⑭]。

◎注释

① 朝中措：词牌名。宋以前旧曲，又名照江梅、芙蓉曲。双调四十八字，前片三平韵，后片两平韵。

② 刘仲原甫：当指刘敞。庆历进士，曾官知制诰、集贤院学士等，是欧阳修年辈稍晚的朋友。

③ 维扬：扬州的别称。

④ 平山：平山堂，是欧阳修任扬州知州时修建，后成为扬州名胜。

⑤ 阑槛：指栏杆。

⑥ “山色”句：借用王维《江汉临泛》“江流天地外，山色有无中”句意。

⑦ 手种堂前垂柳：平山堂前，欧阳修曾亲手种下杨柳树。

⑧ 别来：分别以来。当时作者离开扬州大约八年。

⑨ 文章太守：作者当年知扬州府时，以文章名冠天下，自称为“文章太守”。但从整首词看，这里的“文章太守”指的是刘原甫，也就是刘敞。太守：宋代的知州。

⑩ 挥毫万字：挥笔赋诗作文多达万字。

⑪ 千钟：饮酒千杯。钟：古代酒器。

⑫ 直须：就该，正应当。

⑬ 尊：通“樽”，指酒杯。

⑭ 衰翁：词人自称。当时作者五十岁。

◎译文

平山堂的栏杆外是晴朗的天空，烟雨蒙蒙中远山似有似无。我在堂前亲手栽种的那棵柳树啊，离别后又过了几个春光。

这位爱好写文章的太守，下笔就是万言，一饮千杯很是豪爽。年轻正是及时行乐的时候，你看那坐在酒樽前的老头已白发苍苍了。

◎创作背景

宋仁宗庆历八年（1048年），欧阳修任扬州（今江苏扬州）知州，在扬州城西北五里的大明寺西侧蜀岗中峰上，修建了一座“平山堂”，据说壮丽为淮南第一。每当盛夏，欧阳修常和客人一起清晨就到堂中游玩，饮酒赏景吟诗。宋仁宗嘉祐元年（1056年）与欧阳修过从甚密的刘敞（字原甫）因避亲被任命为扬州太守，欧阳修给他饯行，在告别的宴会上，写了这首《朝中措》相送。

◎赏析

作者借酬赠友人之机，追忆起几年前在扬州所建的平山堂并抒发人生的感慨，塑造了一个风流儒雅、豪放达观的“文章太守”形象。

“平山阑槛倚晴空，山色有无中”，词一发端即带来一股突兀的气势，首句顿然使人感到平山堂凌空矗立，其高无比。这一句写得气势磅礴，为抒情定下了疏宕豪迈的基调。接下去一句是写凭栏远眺的情景。据宋王象之《舆地纪胜》记载，登上平山堂，“负堂而望，江南诸山，拱列檐下”，则山之体貌，应该是清晰的，但词人却偏偏说“山色有无中”。这是因为受到王维《江汉临泛》原诗句的限制，但从扬州而望江南，青山隐隐，自亦可作“山色有无中”之咏。

“手种堂前垂柳，别来几度春风”，当以送刘原甫出守扬州之际，词人情不自禁地想起平山堂，想起堂前的杨柳。其中“手种”二字，看似寻常，却是感情深化的基础。词人在平山堂前种下杨柳，不到一年，便离开扬州，移任颍州。这几年中，杨柳的枝枝叶叶都牵动着词人的感情。杨柳本是无情物，但在中国传统诗词里，却与人们的思绪紧密相连，何况这垂柳又是词人手种的。可贵的是，词人虽然通过垂柳写深婉之情，但婉而不柔，深而能畅。特别是“几度春风”四字，更能给人以欣欣向荣、格调轩昂的感觉。

“文章太守，挥毫万字，一饮千钟”，不仅表达了词人“心服其博”的感情，而且把刘敞的满腹经纶，作了精确的概括。缀以“一饮千钟”一句，则添上一股豪气，栩栩如生地刻画了一个气度豪迈、才华横溢的“文章太守”形象。

“行乐直须年少，尊前看取衰翁”，先是劝人，又回过笔来写自己。饯别筵前，面对知己，一段人生感慨，不禁冲口而出。无可否认，这两句抒发了人生易老、必须及时行乐的消极思想。但是由于豪迈之气通篇流贯，写到这里，并不令人感到低沉，无形之中却有一股苍凉郁勃的情绪奔泻而出，拨动人的心弦，涤荡人的心灵。这是跟词人在一开头时定下的基调分不开的。

整首词从平山堂写到堂前垂柳，从被送者写到送者，层层转折，一气呵成，文字鲜明生动，情感豁达温愉，格调疏宕豪迈，在欧词中极为少见，对后来苏轼的豪放词产生了一定的影响。

平山堂

平山堂位于江苏扬州大明寺大雄宝殿西侧的“仙人旧馆”内，始建于宋仁宗庆历八年(1048年)，元代曾一度荒废，明代万历年间重新修葺。清代咸丰年间，山堂毁于兵火，乃于清同治九年(1870年)重建。因为平山堂名播海内，历史上人们便习惯地将这里的名胜古迹，包括唐大明寺遗址、西园、天下第五泉、谷林堂等统称平山堂。

平山堂确是个幽静所在，也是个驰目骋怀的好地方。门外建了石棚，棚上爬满藤蔓，入时一片荫凉。堂前古藤错节，芭蕉肥美，通堂式的敞厅之上，“平山堂”三个大字匾额高悬。堂为敞口厅，面阔五间。堂前有石砌平台，名为行春台。台前围以栏杆，栏下为一深池，池内修竹千竿，绿荫苒苒，因风摇曳。凭栏远眺，“江南诸山，拱揖槛前，若可攀跻”，含青吐翠，飞扑于眉睫似与堂平，“平山堂”之名即寓于此，似乎是把盛唐诗人王维的“江流天地外，山色有无中”的名句变成了一幅画图，展现在人们的眼前。

堂北檐挂着林肇元题“远山来与此堂平”匾额。游人至此，思古之情油然而生。堂前朱漆红柱上有清代知府伊秉绶所作的楹联：“过江诸山到此堂下，太守之宴与众宾欢。”上联以山喻人，再现当年高朋满座，谈古论今的盛景；下联则借欧阳修《醉翁亭记》中名句，表现欧公无法施展抱负的郁闷和乐观自适的落宕情怀。造句既佳，书法古朴，被誉为平山堂楹联之冠。此外如朱公纯题平山堂联云“晓起凭栏，六代青山都到眼；晚来对酒，二分明月正当头”，正是当年溶溶月色入牖，荧荧烛光映窗，煦煦和风传出琅琅书声，远山近水融入欢声笑语的所见所闻；梁章钜题平山堂联“高视两三州，何论二分月色；旷观八百载，难忘六一风流”，则直抒敬仰之情，斯人斯景，千古风流。

浪淘沙[①]·把酒[②]祝东风

把酒祝东风，且共从容[③]。垂杨紫陌[④]洛城[⑤]东。总是[⑥]当时携手处，游遍芳丛。

聚散苦匆匆[⑦]，此恨无穷。今年花胜去年红。可惜明年花更好，知与谁同[⑧]？

◎注释

① 浪淘沙：原为唐教坊曲名，后用为词牌名。

② 把酒：端着酒杯。

③ 从容：舒缓悠闲的样子，这里指留恋、不舍。

④ 紫陌：紫路，指洛阳的道路。洛阳曾是东周、东汉的都城，据说当时曾用紫色土铺路，因而得名。

⑤ 洛城：指洛阳。

⑥ 总是：一直是，都是。

⑦ 匆匆：形容时间仓促。

⑧"可惜"两句：引用杜甫《九日蓝田崔氏庄》诗："明年此会知谁健，醉把茱萸仔细看。"

◎译文

我端起酒杯向东方祈祷，请你再多留一段时日，不要如此来去匆匆。洛阳城东的大道上，垂柳遍布，那是我们一直携手同游的地方，我们游遍了姹紫嫣红的花丛。

欢聚和离散都是这样仓促，心中的遗恨却无尽无穷。今年的花红胜过去年，可惜明年的花儿还会更加鲜艳，却不知谁会与我相伴共赏？

◎创作背景

宋仁宗天圣九年（1031 年）三月，欧阳修至洛阳西京留守钱惟演幕府做推官，与同僚尹洙和河南县（治所在今洛阳）主簿梅尧臣等诗文唱和，相得甚欢，这年秋后，梅尧臣调任河阳（治所在今河南孟县南）主簿。宋仁宗明道元年（1032年）春，曾再至洛阳，写有《再至洛中寒食》和《依韵和欧阳永叔同游近郊》等诗。欧阳修在西京留守幕前后共三年，其间仅明道元年（1032年）春在洛阳，此词为与友人梅尧臣在洛阳城东旧地同游有感而作。

◎赏析

此词是作者与友人梅尧臣在洛阳城东旧地重游有感而作，词中伤时惜别，抒发了作者对人生聚散无常的感叹。

“把酒祝东风，且共从容”，作者既未写酒筵之盛，也未去写人们宴饮之乐，而是写作者举酒向东风祝祷：希望东风不要匆匆而去，能够停留下来，参加他们的宴饮，一道游赏这大好春光。“共从容”是兼对风与人而言。对东风言，不仅是爱惜好风，且有留住光景，以便游赏之意；对人而言，希望人们慢慢游赏，尽兴方归。

“垂杨紫陌洛城东”，“洛城东”揭出地点。“垂杨”和“东风”合看，可想见其暖风吹拂，翠柳飞舞，天气宜人，景色迷人，正是游赏的好时候。

“总是当时携手处，游遍芳丛”，说明此游主要是赏花。“当时”对应下片的“去年”。

“聚散苦匆匆，此恨无穷”，写惜别之情，感伤气息浓重。

“今年花胜去年红。可惜明年花更好，知与谁同”，以今年花胜去年，预期“明年花更好”，映衬明年朋友聚散之难卜，不知与谁一道重来洛城游芳，更进一层深化了这种人生聚散无常之感。然而，在人生聚散无常的伤感之外，所幸尚有“花更好”的希望在，良辰美景总能多少慰藉词人怅惘失落的情怀，减轻心头的伤痛。所以词人并无剧痛深哀，只是一种淡淡伤感而已。

整首词在时间上跨了去年、今年、明年。将三年的花季加以比较，融别情于赏花，借喻人生的短促和聚时的欢娱心情，而并非“今年”的花真的比“去年”更鲜艳，但由于是用乐景写哀情，使词的意境更加深化，感情更加诚挚。全词笔致疏放，婉丽隽永，含蕴深刻，耐人寻味。

◎轶闻异物录

杜　甫

杜甫（712 年— 770 年），字子美，自号少陵野老，唐代伟大的现实主义诗人，与李白合称“李杜”。原籍湖北襄阳，后徙河南巩县。为了与另两位诗人李商隐与杜牧即“小李杜”区别，杜甫与李白又合称“大李杜”，杜甫也常被称为“老杜”。

杜甫少年时曾先后游历吴越和齐赵，其间曾赴洛阳应举不第。三十五岁以后，先在长安应试，落第；后来向皇帝献赋，向贵人投赠。官场不得志，目睹了唐朝上层社会的奢靡与社会危机。唐玄宗天宝十四载（755 年），安史之乱爆发，潼关失守，杜甫先后辗转多地。唐肃宗乾元二年（759 年）杜甫弃官入川，虽然躲避了战乱，生活相对安定，但仍然心系苍生，胸怀国事。创作了《登高》《春望》《北征》《三吏》《三别》等名作。虽然杜甫是个现实主义诗人，但他也有狂放不羁的一面，从其名作《饮中八仙歌》不难看出其豪气干云。

杜甫的思想核心是儒家的仁政思想，他有“致君尧舜上，再使风俗淳”的宏伟抱负。杜甫虽然在世时名声并不显赫，但后来声名远播，对中国文学和日本文学都产生了深远的影响。杜甫共有约一千五百首诗歌被保留下来，大多收于《杜工部集》。

唐代宗大历五年（770 年）冬，杜甫病逝，时年五十九岁。杜甫中国古典诗歌的影响非常深远，被后人称为“诗圣”，他的诗则称为“诗史”。后世称其杜拾遗、杜工部，也称他杜少陵、杜草堂。

浪淘沙·五岭[1]麦秋[2]残

五岭麦秋残，荔子初丹[3]。绛(jiàng)纱[4]囊里水晶丸[5]。可惜天教生处远，不近长安[6]。

往事忆开元[7]，妃子[8]偏怜。一从魂散马嵬 (wéi) 关[9]，只有红尘无驿使[10]，满眼骊山[11]。

◎注释

① 五岭：指位于湖南与广州交界处的大庾岭、越城岭、骑田岭、萌渚岭、都庞岭。

② 麦秋：指麦子收获的季节，农历四月。秋：此处指谷物成熟的时候。

③ 丹：变红。

④ 绛纱：红纱，此指荔枝的红色外壳。

⑤ 水晶丸：指荔枝果肉莹白如水晶。

⑥ 长安：现在的西安。

⑦ 开元：唐明皇李隆基所用年号。

⑧ 妃子：唐明皇的爱妃杨玉环。

⑨ 魂散马嵬关：唐玄宗天宝十四载（755 年），安禄山造反，第二年六月，潼关失守，唐明皇奔蜀，行至马嵬，军队不前行，逼唐明皇赐死杨贵妃。马嵬关：即马嵬坡，在今陕西兴平西。

⑩ 驿使：指驰送荔枝的驿站官差。

⑪ 骊山：在陕西临潼，唐时为避暑胜地，唐明皇建造华清池，常与杨贵妃在这里休憩。

◎译文

五岭地区的麦子正值收割的季节，荔枝开始熟穿红色外衣。绛紫色的外壳包裹着水晶丸。可惜，老天让它生得远，不靠近长安。

回忆天宝时期的往事，杨贵妃独爱吃荔枝。任其香消玉殒马嵬坡，现在依旧红尘新丰道，却不见驿使策马飞驰送荔枝，满眼所见，郁郁葱葱一骊山。

◎创作背景

此词为咏史词，唐玄宗天宝十四载（755 年），范阳等三镇节度使安禄山联合史思明在范阳（今北京）以诛杀杨国忠为名发动叛乱，史称“安史之乱 ”，从此，唐帝国由盛转衰。这里写的就是安禄山事件其间，唐明皇与杨贵妃之事。

◎赏析

这首词从荔枝而联想到唐明皇的宠妃杨贵妃嗜好荔枝，不远千里之外，快马奔驰，从岭南运荔枝到骊山，表达了作者对最高统治者的嘲讽。

“五岭麦秋残，荔子初丹。绛纱囊里水晶丸”，开头从五岭荔枝成熟写起。首句点明产地产时，次句点明荔枝成熟，第三句描绘荔枝的外形内质，次第井然。荔枝成熟时，果皮呈紫绛色，多皱，果肉呈半透明凝脂状，这里用“绛纱囊里水晶丸”来比喻，不但形象逼真，而且能引发人们对它色、形、味的联想而有满口生津之感。

“可惜天教生处远，不近长安”，似故意模拟玄宗惋惜遗憾的心理与口吻，又似作者意味深长的讽刺，笔意非常灵动巧妙。从玄宗方面说，是惋惜荔枝生长远离长安的岭南，不能顷刻间得到，以供杨妃之需；从作者方面说，则又隐含有天不从人愿，偏与玄宗、杨妃作对的揶揄嘲讽，而言外自含对玄宗专宠杨妃、为她罗致一切珍奇行为的批判。

“往事忆开元，妃子偏怜”，点醒上阕。说“开元”而不说“天宝”，纯粹出于音律上的考虑。这里的“偏”与上阕的“天教”

形成意味深长的对照，也为下面写驿使万里送荔枝作铺垫。

“一从魂散马嵬关，只有红尘无驿使，满眼骊山”，“魂散马嵬关”，指玄宗奔蜀途中，随行护卫将士要求杀死杨妃，玄宗不得已命高力士将其缢死于马嵬驿。“红尘”用杜牧《过华清宫绝句》“一骑红尘妃子笑，无人知是荔枝来”意。这三句既巧妙地补叙了当年驰驿传送荔枝的劳民之举，交代了杨妃缢死马嵬的悲剧结局，而且收归现境，抒发了当前所见所感：热闹的新丰道上，被过往行人车马扬起的红尘依然如故，但驰送荔枝的驿使却再也见不到了。词人对淫侈享乐、乱政误国的历史教训并不直接道出，只用“有”“无”的开合相应与“满眼骊山”的景象隐隐透露，显得特别隽永耐味。

整首词并未直抒胸臆，而是寓情于景，将对统治者的嘲讽写得婉转深刻，给世人以深刻的借鉴和启迪。开启宋词咏史先河。

◎轶闻异物录

马嵬之变

唐玄宗天宝十四载 (755 年) 安禄山军队攻入潼关，唐玄宗于七月十二日决定携杨贵妃、宰相杨国忠、太子李亨以及诸皇亲国戚、心腹宦官，离开当时世界上最繁华的都市长安，逃往四川。次日晚行至马嵬驿时，护驾军士砍杀了祸国殃民的杨国忠，并要求唐玄宗立即处死杨贵妃。此时的唐玄宗从高力士那里问明情由，而陈玄礼要求把杨贵妃一起杀了，斩草除根，李隆基不答应，让高力士往复几次传递自己的意见，但是，将士们坚决要求处死杨贵妃，否则，兵马不再往前走了，唐玄宗不得已而下令赐死杨贵妃。据史料记载，高力士把杨贵妃带走，在一座寺观里，杨贵妃接过高力士手中的帛带，在一棵梨树上自缢。一名绝代佳人，就这样在三十八岁时结束了生命，在马嵬黄土下长眠。

浪淘沙[①]·今日北池[②]游

今日北池游，漾漾[③]轻舟。波光潋滟[④]柳条柔。如此春来春又去，白了人头。

好妓好歌喉，不醉难休。劝君满满酌[⑤]金瓯[⑥]。纵使花时常病酒[⑦]，也是风流。

◎注释

①浪淘沙：原为唐教坊曲名，后用为词牌名。
②北池：也叫北潭、潭园。
③漾漾：水波飘荡的样子，微微动荡。
④潋滟：形容水波相连、荡漾闪光的样子。
⑤酌：斟酒。
⑥金瓯：金属酒器。
⑦病酒：沉醉，饮酒过量。

◎译文

今日同朋友一起来到北潭游玩，潭水轻轻荡漾着小船。波光粼粼，柳条轻柔。四季变换，春天就这样来了又去，时光飞逝，人也增添了两鬓白发。

在这春光里，看看那漂亮的歌妓，听听她们美妙的歌喉，大家一起拿起酒杯吧，今天不醉不休。这位友人请斟满那一杯酒吧，即使在花间，我们喝多了酒，那是别样的风流。

◎创作背景

宋仁宗庆历五年（1045年）三月，新政主将范仲淹和韩琦被解职，庆历新政失败。词人于当年正月暂代知河北真定府，后又因为范、韩辩护，于八月再贬滁州。

◎赏析

这首词是春日游宴遣怀之作，通过对北池风光的描写，抒发了作者政治失意、贬谪他乡的痛苦心情。

“今日北池游，漾漾轻舟。波光潋滟柳条柔”，点明作者游玩的时间在春天，地点在北池。荡舟北池，小舟划过，水波荡漾，微风吹过，柔柳摇曳多姿。这是作者根据游览所见而描绘春日北池的美好春光。

“如此春来春又去，白了人头”，如此美好春光反令主人公感春伤怀。“如此”二句，感叹春来春去，美好年华逝去，白了人头。在这年华易逝的叹息中，表达出政治上的失意让词人即便是面对大好春光也难以释怀，蕴含着词人的理想落空之悲。

“好妓好歌喉，不醉难休。劝君满满酌金瓯”，词人劝友人，此时此刻春景盎然，又有歌女伴唱，必当举杯畅饮，一醉方休。“劝君”，作者方才还在叹息韶华易逝，此刻却劝慰友人开怀畅饮，表现了作者故作旷达，慰人慰己，共同摆脱惆怅的复杂心理变化。

“纵使花时常病酒，也是风流”，即便流连花间，沉醉酒中，也自是一种风流。既然畅游不能够让心情好起来，那就痛饮吧，以沉醉换悲凉。此时的词人空有满腔热情，一心为国却受压抑排挤，因此，这看似豪迈放逸之词，实饱含着无数心酸和苦涩，让人无限伤感。

整首词融情于景，结构简单，用词通俗易懂，改变了以往词的审美趣味，朝着通俗化的方向开拓，带了一些“世俗之气”。

◎轶闻异物录

庆历新政

庆历新政，是指北宋宋仁宗庆历（1041 年— 1048 年）年间进行的改革。宋仁宗时期，官僚队伍庞大，行政效率低下，人民生活困苦，辽和西夏威胁着北方和西北边疆，社会危机日益严重。

庆历三年（1043 年），范仲淹、富弼、韩琦、杜衍同时执政，欧阳修、蔡襄、王素、余靖同为谏官。范仲淹向仁宗上《答手诏条陈十事疏》，提出“明黜陟、抑侥幸、精贡举、择官长、均公田、厚农桑、修武备、减徭役、推恩信、重命令”等十项以整顿吏治为中心的改革主张。显然，其绝大部分措施皆针对吏治，意在限制冗官，提高效率，并借以达到节省钱财的目的。欧阳修等人也纷纷上疏言事。仁宗采纳了大部分意见，施行新政。诏中书、枢密院同选诸路转运使和提点刑狱；规定官员必须按时考核政绩，以其政绩好坏分别升降。更荫补法，规定除长子外，其余子孙须年满十五岁、弟侄年满二十岁才得恩荫，而恩荫出身必须经过一定的考试，才得补官。又规定地方官职田之数。庆历四年（1044 年），更定科举法。另外，还颁布减徭役、废并县、减役人等诏令。

由于新政触犯了贵族官僚的利益，因而遭到他们的阻挠。庆历五年（1045 年）初，范仲淹、韩琦、富弼、欧阳修等人相继被排挤出朝廷，各项改革也被废止。这次改革虽然失败，却为后来的王安石变法拉开了序幕。

长相思[①]·花似伊

花似伊，柳似伊。花柳[②]青春人别离。低头双泪垂。

长江东，长江西。两岸鸳鸯[③]两处飞。相逢知几时[④]。

◎注释

①长相思：词牌名。唐教坊曲名。《古诗十九首》有“客从远方来，遗我一书札。上言长相思，下言久离别”，因而得名。又叫双红豆、忆多娇。

②花柳：花和柳。《楚辞·九歌·少司命》：“悲莫悲兮生别离，乐莫乐兮新相知。”唐杜甫《遭田父泥饮美严中丞》：“步展随春风，村村白花柳。”唐聂夷中《劝酒》诗之二：“人间荣乐少，四海别离多。”

③鸳鸯：鸳指雄鸟，鸯指雌鸟，所以鸳鸯属合成词。这里比喻恩爱的夫妻。汉司马相如《琴歌》：“室迩人遐独我肠，何缘交颈为鸳鸯。”唐温庭筠《南歌子》：“不如从嫁与，作鸳鸯。”

④几时：什么时候。唐杜甫《天末怀李白》：“鸿雁几时到，江湖秋水多。”宋苏轼《儋州》诗之二：“荔枝几时熟，花头今已繁。”

◎译文

看这花像你，看这柳像你；在这花开柳长的春天，人却要别离，低下头不禁流下两行清泪。

长江的东边，还有那长江的西边，两岸的鸳鸯在江边两处飞舞着，我们什么时候才能再次团聚呢？

◎创作背景

宋仁宗景祐三年（1036年），词人任夷陵县令。时年欧阳修三十岁，曾经洛阳的奢华生活与现实夷陵偏远冷清的生活形成反差，而今又在长江边送走心爱的人，两地分离。于是作此《长相思·花似伊》以表心中酸苦。

◎赏析

这首词描写一对青春别离的夫妇，分别之后，妻子产生无穷无尽的思念，并亟盼早日与丈夫相逢团聚，抒发了离别之情。

“花似伊，柳似伊”，从眼前所见春景写起，点明是花繁柳茂的时节。

“花柳青春人别离”，用自然界中的景物花和柳的妩媚，渲染离别之情。

“低头双泪垂”，通过对伊人神态动作的描绘，生动形象地表现了伊人的楚楚可怜与对恋人的依依不舍。

“长江东，长江西”，表现两人相距之遥远，用词虽然简单，却诗意浓浓，有一种天然美的韵味。

“两岸鸳鸯两处飞。相逢知几时”，看着江边的花儿和两岸鸳鸯成双地飞舞，被贬失意加上离别相思之情，忧伤更甚。相逢的机会谁知要等到什么时候？深深的思念和由此产生的绵绵怨恨，尽在结句的设问之中。

全词以景语结情，融情入景。又频用叠字叠韵，再配上那柔和的民歌风味，形象生动地写出了主人公悠悠不尽的“思”和“恨”。言短而意长，委婉缠绵，有不绝于耳的余音余味。

◎轶闻异物录

鸳　鸯

鸳鸯是一种雁形目鸭科鸟类，生活于我国北方众多省份，冬天则南下。鸳鸯是个合成词，其中雄鸟为鸳，雌鸟为鸯。因为人们经常看到鸳鸯成双成对地在水面上或悠闲自得，或追逐嬉戏，十分恩爱，故将之作为爱情之鸟。事实上，鸳鸯最早是用来象征兄弟之情的。

晋人郑丰在其诗作《鸳鸯》的序文中说："鸳鸯，美贤也，有贤者二人，双飞东岳。"这里的鸳鸯比喻的是三国吴丞相陆逊的两个富有文学才华的儿子陆机、陆远兄弟。唐代诗人卢照邻在《长安古意》诗中有"愿做鸳鸯不羡仙"一句，首次用鸳鸯比喻爱情，人们竞相效仿。之后古人诗作中多以鸳鸯比喻爱情。

绘画作品也常将"鸳鸯戏水"作为题材。生活中，人们还将男女所用成对的物品比作鸳鸯，如"鸳鸯枕""鸳鸯剑"等。传说鸳鸯一生不分离，若一只被人捉去，另一只则相思而死。这只是人们借鸳鸯来寄托自己的爱情理想，事实上，鸳鸯并非一直在一起，且因雄少雌多的种群特征，恐怕雄鸳对爱情也未必那么专一。

少年游[①]·阑干十二[②]独凭春[③]

阑干十二独凭春，晴碧[④]远连云，千里万里，二月三月，行色[⑤]苦愁人。

谢家池[⑥]上，江淹浦[⑦]畔，吟魄[⑧]与离魂[⑨]，那堪疏雨滴黄昏，更特地忆王孙[⑩]。

◎注释

①少年游：词牌名。最初见于晏同叔《珠玉词》，因为词有“长似少年时”句，取以为名。又叫少年游令、小阑干、玉腊梅枝。

②阑干十二：曲曲折折的栏杆。阑：同“栏”。十二：形容非常曲折。

③独凭春：春天时独自倚栏远眺。

④晴碧：指蓝天下的青草。

⑤行色：动身时的神态、情景。

⑥谢家池：指的是南朝宋文学家谢灵运的池塘。谢灵运《登池上楼》：“池塘生春草，园柳变鸣禽。”

⑦江淹浦：指别离的地方。南朝梁文学家江淹《别赋》中有句：“送君南浦，伤如之何！”后以南浦指代送别的地方。

⑧吟魄：这里指诗情、诗思。

⑨离魂：这里指离别的思绪。

⑩王孙：封王者的子孙，引申为贵族子弟。

◎译文

春时我独自站在高楼上眺望远处曲折回转的栏杆。放眼远处，只见晴空万里，芳草绵延不绝一直与天边的云彩相连。千里万里，时令正值二三月间，远行的人行色匆匆，令我愁苦无穷。

谢灵运远离家乡而吟咏池塘，江淹也因离家远游而伤心南浦，他们抒发的是春的感悟和离别之情。哪里经得起这黄昏时节，又飘落几点疏疏的雨滴。更何况，此时此地又想起了远行之人呢。

◎创作背景

关于此词的创作背景，吴曾《能改斋漫录》卷十七记其本事云："梅圣俞在欧阳公座，有以林逋《草词》'金谷年年，乱生青草谁为主'为美者，圣俞因别为《苏幕遮》一阕云：'露堤平，烟墅杳。乱碧萋萋，雨后江天晓。独有庾郎年最少。窣地春袍，嫩色宜相照。接长亭，迷远道。堪怨王孙，不记归期早。落尽梨花春又了。满地残阳，翠色和烟老。'欧公拍掌叫好，给予赏赐，又亲自作了一首词：'阑干十二独凭春……'盖《少年游令》也。"

◎赏析

此词上片描写词人独上高楼，凭栏远眺，望景生悲，触发相思之情；下片引用一系列离别的典故，加深思乡之苦。全词借景抒情，表达了作者无穷无尽的情思。

"阑干十二独凭春"，"独凭春"点出时间、地点，说明孤身一人。"凭"字，表示凭遍了十二阑干。李清照《点绛唇·闺思》："倚遍阑干，只是无情绪。"辛弃疾《水龙吟·登建康赏心亭》："阑干拍遍，无人会，登临意。""倚遍""拍遍"，都是一种动作性的描绘。这里说阑干十二，一一凭遍，说明词中人物凭眺之久长、心情之焦切。这一句不只点出了时、地、人，还写了人物的处境、动作和情态。

"晴碧远连云，千里万里，二月三月"，承上句凭阑所见，写景如画，亦有点染之法。"晴碧"句是"点"，"千里"两句为"染"。"千里万里"承"远连云"，从广阔的空间上加以渲染，极言春草的绵延无垠。二月三月应首句一个"春"字，从"草长"的时间上加以渲染，极言春草滋生之盛。

“行色苦愁人”，将人、景结合，点出不胜离别之苦的词旨，并开启了下片的抒情。“行色”总括“晴碧”三句，即指芳草连天之景这一远行的象征。这种景象在伤离的愁人眼中，倍增苦痛，因为引起了对远人的思念。

“谢家池上，江淹浦畔，吟魄与离魂”，在这里作者连用两个有关春草的典故来咏物抒情。“谢家池上”，指谢灵运《登池上楼》中的名句“池塘生春草”。这首诗是诗人有感于时序更迭、阳春初临而发，故曰“吟魄”。“江淹浦畔”，指江淹作《别赋》描摹各种类型的离别情态，其中直接写到春草的有“春草碧色，春水渌波，送君南浦，伤如之何”。因为赋中有“知离梦之踯躅，意别魂之飞扬”，所以词中出现“江淹浦”与“离魂”字面。

“那堪疏雨滴黄昏，更特地忆王孙”，用景色的变换，将此种不堪离愁之苦的感情再翻进一层。“疏雨滴黄昏”，则是黄昏时分的雨中之景。结拍“更特地忆王孙”，“更”与“那堪”呼应，由景入情，连贯而下。至此使相思愁苦之情更浓。

宋词由婉约到豪放，有一个逐步发展的过程，欧阳修是这一过程中承前启后的人物，这一点，在此词中有集中体现。从艺术上看，此词境界辽远阔大，语言质朴清新，与一般描写离别相思之苦的婉约词在表现方法上大有改进。

◎轶闻异物录

梅尧臣

梅尧臣（1002年—1060年），字圣俞，世称宛陵先生，宣州宣城（今安徽省宣城市宣州区）人。北宋著名的现实主义诗人，给事中梅询从子。

梅尧臣初以恩荫补桐城主簿，历镇安军节度判官。于宋仁宗皇祐三年（1051年）始得宋仁宗召试，赐同进士出身，为太常博士。以欧阳修荐，为国子监直讲，累迁尚书都官员外郎，故世称“梅直讲”“梅都官”。嘉祐五年（1060 年），梅尧臣去世，年五十九。

梅尧臣虽然在仕途上极不得意，而在诗坛上却享有盛名，他怀着无限的悲愤、苦闷、渴望和痛苦的心情，写出了大量激动人心的诗篇。在当时，他和苏舜钦齐名，在诗坛上声望很高，被称为“苏梅”；又与欧阳修交好，都是北宋诗歌革新运动的推动者，对宋诗产生巨大的影响，并称“欧梅”。他积极支持欧阳修的古文运动，对诗主张写实，反对西昆体，所作力求平淡、含蓄，被誉为宋诗的“开山祖师”。曾参与编撰《新唐书》，并为《孙子兵法》作注，另有《宛陵先生集》及《毛诗小传》等。

他的诗作分为古淡与刻画两种，为当时人所推崇。欧阳修曾自以为诗不及尧臣。陆游在《梅圣俞别集序》中，曾举欧阳修文、蔡襄书、梅尧臣诗“三者鼎立，各自名家”。

梅尧臣早年的诗歌创作，曾受到西昆诗派的影响，后来由于他关心现实，接近人民，诗风逐渐变化，并提出了同西昆派针锋相对的诗歌理论。他强调继承《诗经》《离骚》的传统，主张诗歌创作必须因事有所激，因物兴以通，摒弃浮艳空洞的诗风。

少年游·玉壶冰莹兽炉[1]灰

玉壶冰莹兽炉灰，人起绣帘开。春丛[2]一夜，六花[3]开尽，不待剪刀[4]催。

洛阳城阙[5]中天起，高下遍楼台。絮乱风轻，拂鞍[6]沾袖，归路似章街[7]。

◎注释

①兽炉：指铸成兽形的香炉。

②春丛：指春季丛生的草木。

③六花：雪花，因为雪花结晶为六瓣，所以称六花。

④剪刀：这里比喻春风。化用唐贺知章《咏柳》："不知细叶谁裁出，二月春风似剪刀。"

⑤城阙：城门两边的望楼。

⑥拂鞍：拂过马鞍。

⑦章街：为章台街的简称，汉代都城长安街名，街旁多植柳树。

◎译文

玉壶里结了一层晶莹透明的寒冰，兽形香炉里的香料也已燃成灰烬。我起身打开绣帘，眺望窗外，才发现夜里的一场大雪，将树木花丛点缀得晶莹透亮，不需要用剪刀修剪。

洛阳的城阙凌空而起，高高低低布满楼台，雪花似柳絮般随风轻舞，掠过马鞍，沾上衣袖，约会完走在这回家的路上只觉恰似章台街呢。

◎创作背景

这首词作于宋仁宗天圣末年（约1030年–1032年）间，为词人任西京留守推官时在洛阳所写的咏雪词。天圣八年（1030年），欧阳修进士及第，但是他的科举之路可谓坎坷不易。

宋仁宗天圣元年（1023年），十七岁的欧阳修应试未中，天圣四年（1026年）再试又未取，两次参加科举都意外落榜。二十二岁时，欧阳修跟随知汉阳军的胥偃前往京师。天圣七年（1029年）春，由胥偃保举，欧阳修就试于开封府国子监，同年秋天，参加了国子监的解试，在国子监的广文馆试、国学解试中均获第一名，成为监元和解元，又在第二年的礼部省试中再获第一，成为省元。天圣八年（1030年），欧阳修参加由仁宗主持的在崇政殿举行的殿试，唱十四名，位列二甲进士及第。据欧阳修同乡时任主考官晏殊后来回忆，他未能夺魁，主要是锋芒过露，众考官欲挫其锐气，促其成才。

◎赏析

这首词通过描写幽居闺中的人晨起时才知外面早已白雪皑皑，对比游者畅玩后迎着雪花返程的景象，委婉地表达了闺中人的孤单哀怨之情。

“玉壶冰莹兽炉灰，人起绣帘开”，通过室内景写天气之寒冷，为下文咏雪作铺垫。

“春丛一夜，六花开尽，不待剪刀催”，描写的视角由内而外。闺中女主人公起床掀开绣帘一看，只见雪花纷纷扬扬，不待剪刀裁剪，树上仿佛开满了洁白的六出花朵。这里词人巧妙化用唐诗“不知细叶谁裁出，二月春风似剪刀”及“忽如一夜春风来，千树万树梨花开”，写大雪纷飞的样子，形象生动。

“洛阳城阙中天起，高下遍楼台”，从室外着笔另起一话，转写冶游者。由高到低，先写城阙高耸遍布，再写旅客雪中骑马返程所见之景。

“絮乱风轻，拂鞍沾袖，归路似章街”，“拂”与“沾”生动表现雪花随风飞舞的轻盈姿态。末句笔锋一转，说行人骑马过街的情形仿佛走马章台街。章台街为冶游场所，这似乎在点明雪中行人的身份——冶游之人。

整首词分别从闺中人和冶游者的角度写雪景，看似无联系，但一为居家候者，一为旅途归人，同一个情境中，两人的不同心情形成强烈的对比，让整首词看似咏雪，未提有怨，却处处充满闺怨。

◎轶闻异物录

贺知章

贺知章（约659年— 约744年），唐代诗人、书法家。字季真，晚年自号“四明狂客”“秘书外监”，越州永兴（今浙江杭州萧山区）人。少时以诗文知名。武则天证圣元年（695年）中状元，授国子四门博士，迁太常博士。后历任礼部侍郎、秘书监、太子宾客等职。

唐玄宗天宝三载（744年），因病恍惚，上疏请度为道士，求还乡里，舍本乡家宅为道观，求周宫湖数顷为放生池。皇帝诏令准许，赐鉴湖一曲。唐玄宗以御制诗赠之，皇太子率百官饯行。贺知章回山阴五云门外“道士庄”，住“千秋观”，建“一曲亭”自娱，繁纸不过数十字。

贺知章为人旷达不羁，好酒，有“清谈风流”之誉，晚年尤纵。八十六岁告老还乡，不久去世。与张若虚、张旭、包融并称“吴中四士”；与李白、李适之等谓“饮中八仙”；又与陈子昂、卢藏用、宋之问、王适、毕构、李白、孟浩然、王维、司马承祯等称“仙宗十友”。其诗文以绝句见长，除祭神乐章、应制诗外，其写景、抒怀之作风格独特，清新潇洒，其中《咏柳》《回乡偶书》等脍炙人口，千古传诵。

圣无忧[①]·世路[②]风波险

世路风波险，十年一别须臾[③]。人生聚散长如此，相见且欢娱[④]。

好酒能消光景[⑤]，春风不染髭(zī)须[⑥]。为公一醉花前倒，红袖[⑦]莫来扶。

◎注释

①圣无忧：词牌名。

②世路：指人生的经历。

③须臾：表示一段很短的时间，片刻之间。

④欢娱：指欢欣娱乐、欢愉。

⑤光景：指光阴、时光、时间。有曹植《箜篌引》："惊风飘白日，光景驰西流。"

⑥髭须：指胡子。唇上为髭，唇下为须。

⑦红袖：古代女子襦裙长袖，代指美女。白居易《对酒吟》："今夜还先醉，应烦红袖扶。"

◎译文

人世的道路充满风波险恶，你我分别十年好似只是一转眼的时间。人生聚散大抵都是如此，相见之时还是要欢欣娱乐。

好酒能消磨时间，让人忘却时间带来的痛苦。胡子已白，春风再也不能将它染青了。为了朋友喝醉了就往花前倒下，身边的歌妓，千万不要来扶。

◎创作背景

宋仁宗皇祐元年（1049年），诗人从扬州知州改任颍州知州。欧世英为欧阳修乾德任上的旧交。此次他专程赴颍州拜访，欧阳修热情接待了他。出于慰友宽已，词人写了这首诗相赠。

◎赏析

这首词通过对世道艰难，与知己总是聚少离多的感叹，表达了作者与友人之间的深厚感情。

“世路风波险，十年一别须臾”，“风波险”，可见词人在人生宦海中遭受到无数艰险磨难，备尝艰辛沧桑。“须臾”，十年的时光仿佛顷刻间便过去了，抒发了对时光易逝的感叹。

“人生聚散长如此，相见且欢娱”，“长如此”将之前的忧伤氛围一扫而光，“且欢娱”既是劝友人也是自劝。表达了作者正因为时不待我，更应该加倍珍惜眼前与友人相聚的豁达心情。

“好酒能消光景，春风不染髭须”，写相聚畅饮，蕴含忧愤疏狂之意。

“为公一醉花前倒，红袖莫来扶”，与岑参的“一生大笑能几回，斗酒相逢须醉倒”意相同，表明自己愿与好友花前一醉，侧面反映二者的深情厚谊。“莫来扶”更是将作者的旷达与豪迈展现得淋漓尽致。

词人直抒胸臆，狂放中含愤懑之意，感慨苍凉，既表现了对知己的惺惺相惜，又抒发了屡经挫折的痛苦心情，颇有沉郁顿挫之感。他在词中所表达的政治见解、人生领悟、及时行乐的旷达让人折服。这与当时北宋士大夫词所普遍表现出来的花间樽前，是极为不同的。

◎轶闻异物录

红袖添香

“添香”是中国古典文化中一个很隽永的意象，并且是非常之美的一种意象。只是今天的人，并不了解当年是怎么“添香”的。我们所熟悉的“焚香”方式,是点线香。那种装在纸筒里像挂面似的细细香棒，插一支在香炉中，点燃香头，就有香烟从香棒上袅袅升起。但是，“添香”绝非拿一支线香往香炉里插那么简单。

实际上，如果观察古代绘画中表现的香炉，基本上看不到炉中插线香的情况。线香出现的历史相对晚些。在古代生活中，焚香使用的“香”，是经过“合香”方式制成的各式香丸、香球、香饼，或者散末。明代佚名画家作品《千秋绝艳》中,体现了“莺莺烧夜香”的著名情节。画面上，崔莺莺立在一座高香几前，几上放着焚香必备的“炉瓶三事”中的两件——插有香匙与香箸的香瓶，以及一只小香炉。只是香炉中、崔莺莺的手中，都不见线香的影子。这里表现的是她右手捧着香盒，左手刚刚从香盒里拿出一颗小小的香丸，将要放入香炉中的场景。古代女性“添香”的场景，就这样展现在了我们的眼前。

夜行船[①]·忆昔西都[②]欢纵

忆昔西都欢纵。自别后、有谁能共。伊川[③]山水洛川[④]花，细寻思、旧游[⑤]如梦。

今日相逢情愈重。愁闻唱、画楼[⑥]钟动。白发天涯逢此景，倒金尊。殢[⑦]（tì）谁相送。

◎注释

①夜行船：词牌名，《太平乐府》《中原音韵》元高拭词，俱注双调。黄公绍词，名《明月棹孤舟》。双调五十五字，前后段各四句，三仄韵。

②西都：北宋以洛阳为陪都，因在开封西，所以称洛阳为西都。

③伊川：水名，指伊河，源出河南卢氏县东熊耳山，流经嵩县、伊川、洛阳，至偃师，入洛河。

④洛川：洛水，源出陕西雒南县冢岭山。

⑤旧游：昔日交游的友人。指与欧阳修相交的梅尧臣等七人。

⑥画楼：指雕饰华丽的楼房。

⑦殢：本意为滞留、沉溺于，此处指醉酒。

◎译文

我回想起当年在西都洛阳共同度过的那段欢乐豪纵的生活。可自那日一别之后，离散至今，还有谁能与我快乐相伴呢？昔日与友人同游洛阳伊川山水，一齐观看城中牡丹的情景，如今细细想来，竟然如同在梦境中一样。

今天再次相逢，回首往事，我和你情意变得更加深重，愁的是那画楼上的钟声不时响起，传入耳中，似在催促，还喋喋不休地谈论个什么。如今你我白发苍苍，垂垂老矣，此情此景，何不开怀畅饮，然后再彼此告别，管他是谁送谁呢。

◎创作背景

这首词作于宋仁宗庆历八年（1048 年），当时欧阳修四十二岁。这年闰正月，他由滁州知州调任扬州知州，友人梅尧臣则从宣城赴陈州任签书判官，路过扬州时与欧阳修相会。老友相见，感喟良多，且此时洛阳旧交谢绛、尹洙、张汝士三人都已去世，更使二人的相聚充满了悲情。

◎赏析

作者通过回忆过去与好友共游洛阳的欢乐时光，表达了朋友间真挚淳朴的情谊。

“忆昔西都欢纵。自别后、有谁能共”，这一深沉的慨叹蕴含着词人对青春生活的追忆，同时，更饱含着词人对洛中故友的深切缅怀。事实上，在洛中与欧阳修相交甚欢的友人多半已经辞世，到如今，昔日同在西京诗酒欢会、纵情游赏的友人，只有梅尧臣尚在，因而令词人十分感伤。所以一句“有谁能共”包含着世事无常、人生沧桑之感。

“伊川山水洛川花，细寻思、旧游如梦”，现时飘零，词人回忆当年遍赏伊川山水洛川花的情形之时，不禁产生如梦如幻的感觉。

“今日相逢情愈重。愁闻唱、画楼钟动”，叙写词人与友人久别重逢后的感受，沧桑的经历使二人更觉相互间情谊的厚重。一个“愁”字隐含对即将到来的离别的无限惆怅伤感。“愁闻唱、画楼钟动”，此一可理解为与老友畅谈之时，画楼钟声响起，警醒词人相聚之时在不断流逝，故而令闻者愁；二可理解为筵席间歌女唱起了昔日洛中好友如今已然辞世的谢绛所填之词“月西斜，画楼钟动”，词在人亡，引发筵席间词人的深重悲伤。

“白发天涯逢此景，倒金尊。殢谁相送”，写词人面对即将到来的离别而劝饮的情景。老友见面，总是意味着许多的沧桑回忆，许多的酸甜苦辣，这些岂是三言两语所能道尽的，眼下又要分别了，此地一别，此生还能否相见尚不得而知，因此还是撇开往事开怀畅饮，不要再给此次相逢留下什么遗憾。“此景”，是别离之景，更是人生迟暮之景。

全词语言质朴，感情真挚，用词悲怆，处处充溢着人世沧桑的感慨。是一首非常优秀的怀旧之作。

◎轶闻异物录

伊　川

伊川县北依洛阳城区，南接嵩县，东临登封，西望宜阳，东北与偃师接壤，东南与汝州毗邻。神农时伊川县地域即有一国之称，唐尧时称伊侯国，虞舜时称伊川。

夏代称豫州伊阙地，周襄王时名伊川，战国时称伊阙，后改新城。汉惠帝四年（前 191 年）置新城县，属三川郡，后三川郡改为河南郡。晋时河南郡改河南尹，领陆浑、新城二县。东魏改新城县为伊川郡。隋开皇初，郡废，改置伊州，又废洛阳郡，析置伊川县。大业初，伊川县并入洛阳县。

战国时复为轮国，属韩地。东汉章帝时设轮氏县。北魏，改轮氏县为颍阳县，后析颍阳县西部置堙阳县。后堙阳县改武林县，又改轮氏县。大业初并入嵩阳县。

唐睿宗时，分登封、伊阙、河南三县各一部建武林县。开元年间，改武林县为颍阳县。元兴定元年（1218 年），颍阳县西部（今江左、白沙等乡）归洛阳县。

宋初，置伊阳、伊阙两县，属河南府。熙宁时，废伊阙县为镇，并入伊阳县。绍兴九年（1139 年），改伊阳县为顺州，后改顺州为嵩州。明朝，伊川县南部属嵩县。清沿明制。

夜行船·满眼东风飞絮

满眼东风飞絮。催行色[1]、短亭春暮。落花流水草连云，看看是、断肠南浦[2]。

檀板[3]未终人去去。扁舟在、绿杨深处。手把金樽[4]难为别，更那听[5]、乱莺疏雨。

◎注释

① 行色：启程。
② 南浦：这里指送别的地方。
③ 檀板：檀木制的拍板，一种乐器。
④ 金樽：本作“尊”。盛酒器。
⑤ 那听：哪有心思去听。

◎译文

在这晚春的小亭里，眼前尽是飞舞的柳絮，好像在催人启程。远远望去，落花流水，芳草连天。看着看着，在这南浦只觉伤心断肠。

檀板还在击打，歌还未尽，却要踏上行程。转眼间一叶扁舟已驶向绿杨深处。送行之人手把酒杯，离愁难以诉说；更不忍心听那黄莺乱啼，疏雨凄凄。

◎创作背景

这首词应是宋仁宗景祐三年(1036年)作者因推行“庆历新政”失败被贬谪到夷陵担任地方官时，在暮春时节所作。具体创作时间待考。

◎赏析

该词通过描写晚春柳絮漫天飘扬、落花遍地的景象，来抒发即将离别的凄苦心情，表达了作者对友人依依不舍之情。

“满眼东风飞絮”，首句便让人感受到了作者内心的烦乱，并把惜别的主基调定了下来。

“催行色、短亭春暮”，一语而三义，既点明离别，又交代了离别的时间、地点。

“落花流水草连云，看看是、断肠南浦”，视线从眼前转向远处，写更为广阔的暮春景色，为下面写离别创造了一个忧伤浓郁的背景。

“檀板未终人去去”，丝竹未尽兴，友人却要启程。“未终”写对相聚匆匆的不满，表达了作者对友人的恋恋不舍。

“扁舟在、绿杨深处”，载着友人离去的船已驶向远处。“深处”表明作者一直在湖边目视友人离开，未曾离去。

“手把金樽难为别，更那听、乱莺疏雨”，以递进手法加倍抒写离情。而“乱莺疏雨”与开篇“东风飞絮”相圆合，表现了作者烦乱的心绪。

作者所描写的飞絮、落花流水、莺鸣小雨本该让人赏心悦目，可作者与友人即将分别，所以满目的美景变成了碍眼伤情的凄切之象。全词情景交融，以景托情，字句中尽显哀伤，不失为送别词中的佳作。

◎轶闻异物录

檀　板

古代的檀板，是由西北少数民族地区传入中原的，隋代已应用于乐舞、仪礼和佛教音乐中。在敦煌千佛洞的唐代初期壁画中，已绘有击檀板的乐伎像。吉林省渤海墓葬群（698年—926年）壁画中，也有一女乐伎怀抱檀板的图像。《旧唐书·音乐志》载："檀板，长阔如手，厚寸余，以韦连之，击以代抃。"唐代段安节《乐府杂录》载"夷部乐"有铁檀板，壶芦笙。杜牧的诗中也有"画堂檀板秋拍碎，一引有时联十觥"之句。从成都王建墓的乐舞石刻中亦有击檀板形象可以看出，在五代前蜀宫廷乐队中，檀板已是重要的节奏乐器。在唐代的乐器中，控制节奏和起止的乐器是羯鼓，伴以歌唱的是檀板。唐代制作檀板，用檀木或桑木，又因唐代乐师黄幡绰擅操此器，故又称为"绰板"，这与潮乐旧称相同。

在宋代，檀板已用于宫廷的教坊大乐、小乐器合奏、马后乐、民间器乐和说唱音乐中。宋代陈旸《乐书》载："檀板，长阔如手，重大者九板，小者六板。"由此可知，唐宋时期的檀板有大、小之分。到了元代，檀板以宫廷乐器载入正史，《元史·礼乐志·宴乐之器》："檀板，制以木为板，以绳联之。"元代陈元靓《事林广记》载："《满庭芳》……十檀板音韵 宣清，……诗曰：鼓拍清音按乐星，……板声有若静鞭鸣。"说明它在由扁鼓、笛和板组成的民间器乐鼓笛曲中是主要乐器，也是曲艺唱赚的伴奏乐器。唐代绰板多为六片，现福建南音的板有五片，而潮乐经过沿革，改为三片，其中两片相合用绳系扎，称发声板，另一片叫作击节板，发声板和击节板上有两个孔穿以红绸，演奏者左手挂着绰板，右手执鼓槌，左主节奏，右主变化，击节点鼓，指挥演奏，可谓有唐宋遗风。

望江南[①]·江南蝶

江南蝶，斜日一双双。身似何郎全傅粉[②]，心如韩寿爱偷香[③]。天赋[④]与轻狂[⑤]。

微雨后，薄翅腻烟光[⑥]。才伴游蜂来小院，又随飞絮过东墙。长是为花忙。

◎注释

① 望江南：词牌名。又叫忆江南、梦江南、江南好。《金奁集》入“南吕宫”。廿七字，三平韵。中间七言两句，以对偶为宜。第二句也有添一衬字的。宋人大多用双调。

② 何郎全傅粉：这里以“何郎傅粉”比喻蝶的外形美，说蝶仿佛是经过精心涂粉装扮的美男子。何郎：何晏，字平叔，南阳宛（今河南南阳）人，三国魏玄学家。《世说新语·容止》:“何平叔（晏）美姿仪，面至白，魏明帝疑其傅粉，正夏月与热汤饼，既啖，大汗出，以朱衣自拭，色转皎然。”

③ 韩寿爱偷香：这里以“韩寿偷香”比喻蝶依恋花丛、吸吮花蜜的特性。据《世说新语·惑溺》与《晋书·贾充传》记载,“韩寿美姿容。贾充辟为司空掾。充少女贾午见而悦之，使侍婢潜通音问，厚相赠结，寿逾垣与之通。午窃充御赐西域奇香赠寿。充僚属闻其香气，告于充。充乃考问女之左右，具以状对。充秘之，遂以女妻寿”。

④ 天赋：自然赋予；生来就具备。

⑤ 轻狂：这里指非常轻浮，轻薄，极不庄重。

⑥ 腻烟光：这里指在雨后的春光（阳光）照耀下显得润泽滑腻。

◎译文

江南的蝴蝶，在夕阳下成双成对翩翩起舞。长得像何晏那样美，心思像韩寿那样爱偷香。在花丛中流连，吸吮花蜜，生性轻浮放浪。

一场小雨后，蝴蝶薄雾般通透的翅膀在夕阳的照耀下，显得润泽滑腻。它刚随着蜜蜂飞进小院，又陪柳絮越过东墙，经常为鲜花而奔忙。

◎创作背景

《望江南·江南蝶》是一首以蝴蝶为吟诵对象的咏物词，当为欧阳修任职汴京（今河南开封）时所作，但具体创作时间未详。

◎赏析

这首词通过对蝴蝶外貌与特性的描写，展现了蝴蝶的丽质与轻狂，含蓄地讽刺了那些轻狂男子身上过多的动物属性。

“江南蝶，斜日一双双”，写双双对对的江南蝴蝶在傍晚的阳光下翩翩飞舞的场景。

“身似何郎全傅粉”，《世说新语·容止》载：三国时魏人何晏皮肤白皙，就像敷了粉一样，故曰“傅粉何郎”。此句以人拟蝶，以何郎傅粉喻蝶的外形美。蝶翅和体表生有各色鳞片和丛毛，形成各种花斑，表面长着一层蝶粉，仿佛是经过精心涂粉装扮的美男子。

“心如韩寿爱偷香”，典出《世说新语·惑溺》。韩寿为西晋大臣贾充之部属，为美男子，贾充女见而悦之，偷其父西域奇香以赠。事发，贾充不得已，以女嫁韩寿。此处也是以人拟蝶，以韩寿偷香喻指蝴蝶依恋花丛、吸吮花蜜的特性。典故随意拈来，妙笔天成，运用得极其生动、贴切。

“天赋与轻狂”，既挽住上阕，又启迪下阕。“轻狂”写出了其情爱不专一、恣情放浪的形象。

“微雨后，薄翅腻烟光”，“腻烟光”写得体物入微，状写精妙，选词用字准确，蝴蝶的粉翅是薄而有些透明的，当它沾上雨水之后，翅上的“粉”便变“腻”了。“烟光”指的是雨后的晚晴夕照。斜阳透过沾水发腻的粉翅，显得朦朦胧胧，宛似笼罩在一片缥缈的烟雾之中。

“才伴游蜂来小院，又随飞絮过东墙”，轻狂的蝴蝶自有轻狂的朋侣“游蜂”“飞絮”相伴。蝴蝶伴随狂蜂、飞絮到处宿粉栖香。

“长是为花忙”，回应了上阕中“天赋与轻狂”，以“为花忙”的具体意象点出“轻狂”。“花”字意蕴双关，亦物亦人。全词一纵一收，上下关合，联密而自然。

欧阳修这首咏蝴蝶词，既切合蝶的外形与内质，又不单单滞留在蝶的本身，而是通过何郎傅粉与韩寿偷香的典故，以拟人化手法将蝶加以人格化，亦蝶亦人，借蝶咏人，把自然的动物性与社会的人性融合为一体，在蝴蝶的形象中集中了风流浪子眠花卧柳、寻欢作乐的种种属性，蝶就成为活脱脱的轻狂男子的化身。写得生动有趣，寓意深远，让人回味无穷。

◎轶闻异物录

韩寿偷香

贾午，是贾充的小女儿。韩寿，字德真，是南阳堵阳人，魏司徒韩暨的曾孙。韩寿相貌举止美好，贾充征他为司空掾。每当贾充宴请宾客幕僚时，他的小女儿就在宫门窥视，见到韩寿非常喜欢他。问她的左右是否认得此人，有一个婢女说出了韩寿的姓和字，说是以前的主人。贾充女儿十分思慕，白天晚上都心神不定。婢女去韩寿家，说出了贾午的心意，并说这个女子艳丽过人、端庄无比。韩寿听说后动了心，就让婢女为他转达自己的心意。婢女把话传给贾午，贾午于是暗中以身相许，丰厚地赠物结交，让韩寿晚上去她住处。韩寿敏捷过人，翻墙而入，家中没人知道，只有贾充察觉到小女儿欣喜畅快与平常不同。

当时西域有人进贡奇香，一旦接触人身，则过月香味不消退。皇帝把香看得很贵重，只把香赐给了贾充和大司马陈骞。贾午暗中偷出

来送给韩寿，贾充的幕僚与韩寿宴饮相处，闻到韩寿身上那种芬芳的香气，便到贾充那里称赞。从这，贾充猜到自己的女儿和韩寿私通，但他自己家门窗管理很紧，不知道韩寿是从哪里溜进来的。于是一天夜里突然故意惊叫起来，说有盗贼闯入，就派人沿着围墙仔细查看，看围墙有什么异样。查后左右下人说："没什么其他异样，只是东北角的墙有如狐狸走过的痕迹。"贾充于是严厉拷问女儿身边的婢女用人，她们如实说了。贾充知道后，只能把这事掩盖住，把女儿嫁给韩寿为妻。

阮郎归[1]·南园春半[2]踏青[3]时

南园春半踏青时，风和[4]闻马嘶[5]。青梅如豆柳如眉[6]，日长[7]蝴蝶飞。

花露重，草烟[8]低，人家帘幕[9]垂。秋千慵（yōng）困[10]解罗衣[11]，画堂[12]双燕归。

◎注释

①阮郎归：词牌名，又名碧桃春、宴桃源、濯缨曲等。以李煜词《阮郎归·呈郑王十二弟》为正体，双调四十七字，前段四句四平韵，后段五句四平韵。

②春半：指春天过了一半。

③踏青：春日郊游。唐宋时踏青日期因地而异，有正月初八者，也有二月二日或三月三日者。后世多以清明出游为踏青。

④风和：春风暖和。

⑤马嘶：指游人车马的声音。嘶：叫。

⑥青梅如豆柳如眉：青梅结得像豆子那么大，柳叶长得像美人的眉毛。后世多以此句描绘明媚的春日风景。

⑦日长：过了春分的节令，白天渐渐长了。这里还有整个白天的意思。

⑧草烟：形容春草稠密。

⑨帘幕：帘子和帷幕。

⑩慵困：困倦。

⑪罗衣：轻软丝织品制成的衣服。

⑫画堂：华丽的堂舍。

◎译文

她在南园踏青时春天已过半，和煦的春风中不时听到马的嘶鸣。青绿的梅子，如豆粒般大小，细嫩的柳叶，像眉毛一般秀灵。春日渐长，蝴蝶飞得多么轻盈。

花瓣上的露珠晶莹浓厚，低矮的春草茂密如烟，这户人家已放下窗帘。她荡罢秋千已格外疲倦，轻解罗衣卧床而眠，只有堂屋的梁上双燕伴着她。

◎创作背景

此词应为作者青年时期的作品，具体创作时间已不可考。从内容上看，词中描写的时间是春半的一个黄昏，地点是从南园到宅院。是作者讲述深闺少妇怀人念远的词作。

◎赏析

这首词描写的是一位女子于仲春时节踏青时的见闻，由此而产生的相思之情。

“南园春半踏青时，风和闻马嘶”，写女子游南园情景。“春半踏青时”，正是一年春光最美的时候，人们会在此时结伴踏青。这里突出两种意味：一是大好春光欲与所思之人分享而不能；二是此际虽是春之繁盛之时，但同时也是将衰之日。好景易逝、时光空流，好不容易历尽凄凉秋意、冰封冬雪，迎来春光，却仍是盼不回远人。“风和”句，写听觉感受。所选择加以表现的声音、景物都有极丰富的含义。春天不仅景繁丽，音亦繁闹无比，可写之声极多，但女主人公耳际只回响着风声与马鸣。暗示了她内心的愁闷，因此写马声亦是写愁思。

“青梅如豆柳如眉，日长蝴蝶飞”，以外物的变化，暗示时光的流逝，叹怨远人，还未归家。“日长”反映了女主人公无伴、失伴倍觉时光难熬。而蝶又双飞，追绕花丛之间，愈发惹动相思之情。这里无一处写情，但又无一处不含情。

“花露重，草烟低，人家帘幕垂”，写女子独自在园中已许久，暮色来临，露上娇花，凝珠如泪，草锁轻烟，春气低迷。望邻家重帷深下，方知天时已晚。在这里作者将女主人公一人独行、孤单寂寞的形象展露淋漓尽致。

“秋千慵困解罗衣，画堂双燕归”，女主人公此时已是心力交瘁，不愿再思再想。然而无意抬头，却见“双燕”栖于画栋之上。真燕还是画燕并无关碍，关键是在古人心中“燕”向来少有独飞之时，“双燕”实喻夫妇和谐相伴。词至此戛然而止，却为读者脑海构造了见“双燕”，少妇只能痛断肝肠的情景，颇有低回欲绝、余音袅袅之致。

这首词通篇没有直说思念的地方，也没有直呈愁怨的言语，但忧愁却处处萦绕。作者深于言情，善于写景，情蕴景中，以景结情，手法技巧的高明，让人钦佩。

◎轶闻异物录

青 梅

青梅是龙脑香科，属乔木，树高约二十米。小枝被星状绒毛。叶片革质，长圆形至长圆状披针形，先端渐尖或短尖，基部圆形或楔形，两面均突起，网脉明显，叶柄密被灰黄色短绒毛。圆锥花序顶生或腋生，花萼裂片镊合状排列，卵状披针形或长圆形，两面密被星状毛或鳞片状毛；花瓣白色，有时为淡黄色或淡红色，芳香，长圆形或线状匙形，花丝短，花药长圆形，子房球形，密被短绒毛，果实球形；十二月至一月为花期，四月至五月为果期。

青梅分布于中国海南，生于丘陵、坡地林中，海拔七百米以下。越南、泰国、菲律宾、印度尼西亚等有分布。

青梅冬季开花，有白色和淡红，味道清香，四五月结实，未成熟时为青梅，成熟后称作黄梅，均可食用。几千年前我国就开始人工栽培了。梅最初是食用，后逐渐发展成为我国重要的观赏名木，赢得了无数赞誉。

南歌子[①]·凤髻[②]金泥带[③]

凤髻金泥带，龙纹玉掌梳[④]。走来窗下笑相扶，爱道画眉深浅入时无[⑤]？

弄笔偎人久，描花[⑥]试手初。等闲妨了绣功夫，笑问鸳鸯两字怎生[⑦]书？

◎注释

①南歌子：唐教坊曲名，后用为词牌。又叫南柯子、风蝶令。《金奁集》入“仙吕宫”，廿六字，三平韵。例用对句起。宋人多用同一格式重填一片，称为“双调”。

②凤髻：古代中国妇女发式，属于高髻一类。形状如同凤凰。

③金泥带：发带，金色的彩带。

④龙纹玉掌梳：图案像龙形如手掌大小的玉梳。

⑤入时无：赶得上时兴式样吗？时尚吗？

⑥描花：依照花样描摹。

⑦怎生：怎样。

◎译文

手握着巴掌大小的龙形玉梳，用凤钗和金丝带把头发梳饰成髻。妻子走到窗下依偎在丈夫的怀里，问道：“眉色深浅合不合适啊？”

纤手摆弄笔管，长时间依偎在丈夫身边，试着描画刺绣的花样。不知不觉时间已久耽搁了刺绣，笑着问丈夫：“鸳鸯二字怎写？”

◎创作背景

欧阳修的科举之路坎坷不平，先后两次参加考试皆名落孙山。宋仁宗天圣七年（1029年）的春天，欧阳修遇到了人生中的第一个贵人——胥偃。他看中了欧阳修的才能，亲自保举欧阳修，还把自己的女儿嫁给了欧阳修。此词就是欧阳修婚后与妻子伉俪情深之作。

◎赏析

这首词通过描写新娘子的举止神态，表现了一对青年夫妇甜美的新婚生活。

“凤髻金泥带，龙纹玉掌梳”，写新娘子精心梳妆的情形，重点写新娘子头饰，十字中涵盖凤髻、金泥带、龙纹、玉掌梳四种意象，彼此互相衬托，层层加码，雍容华贵之态即由头饰一端尽显无遗。

“走来窗下笑相扶，爱道画眉深浅入时无”，通过对新娘子连续性动作、神态和语言的简洁描述，表现新娘子娇羞 、爱美的情态 、心理以及她与郎君两情依依、亲密无间。“笑相扶”将新娘子的喜悦亮丽之心情，写得活灵活现。

“弄笔偎人久，描花试手初”，写这位新嫁娘在写字绣花，虽系写实，然却富于情味。“久”字用得极巧妙，非常准确地表现了她与丈夫形影不离的亲密关系。接下来的“初”字与前句中的“久”字相对，表现新娘在郎君怀里撒娇时间之长。

“等闲妨了绣功夫，笑问鸳鸯两字怎生书”，写新娘耽于闺房之戏，与夫君亲热笑闹、相互依偎太久，以至于耽误了针线活 ，只好停下绣针 ，拿起彩笔，问丈夫“鸳鸯”二字怎样写。活灵活现地表现出新娘子的娇憨及夫妻情笃的情景。笑问“鸳鸯”两字，流露出新娘与郎君永远相爱、情同鸳鸯的美好愿望。

这首词在内容上重点描写新娘子在新郎面前的娇憨状态，在表现技巧上采用民间小词习见的白描和口语，活泼轻灵地塑造人物形象，读来令人耳目一新。

◎轶闻异物录

苏　绣

苏绣，是苏州地区刺绣产品的总称，苏绣起源于苏州，是四大名绣之一，国家级非物质文化遗产之一。

苏州刺绣至今已有两千余年的历史，传说来源于仲雍的孙女“女红”首制绣衣 。古代周太王古公亶父的儿子太伯、仲雍来到今江南苏州一带建立了吴国，当地人有断发文身的习俗。仲雍做了吴国君主，想破除这种陋习，于是和长老们商议。不料他们的议论被正在缝衣的孙女女红听见了。她边缝边听，走了神，一不小心，手被针扎了一下，一小滴鲜红的血顿时浸染到衣料上，渐渐晕开成小花，于是女红有了灵感：把蛟龙的图案绣在衣服上以替代文身。为了纪念刺绣的发明者，民间至今仍将妇女从事纺织、缝纫、刺绣等活动称为“女红”。

早在三国时期（220 年—280 年）就有了关于苏绣制作的记载，有着数千年悠久历史的苏绣，其风骨神韵在隋唐时期就已奠定基础，迨至宋元其基本技法与特色已渐趋形成，明清以降苏绣艺术开始走向成熟。

苏绣的发源地在苏州吴县一带，现已遍衍江苏省的无锡、常州、扬州、宿迁、东台等地。江苏土地肥沃，气候温和，蚕桑发达，盛产丝绸，自古以来就是锦绣之乡。优越的地理环境，绚丽丰富的锦缎，五光十色的花线，为苏绣发展创造了有利条件。据西汉刘向《说苑》记载，早在两千多年前的春秋时期，吴国即已将苏绣用于服饰。

青玉案[①]·一年春事都来[②]几[③]

一年春事都来几，早过了、三之二[④]。绿暗红嫣[⑤]浑[⑥]可事[⑦]。绿杨庭院，暖风帘幕，有个人憔悴。

买花载酒长安[⑧]市，又争似[⑨]、家山[⑩]见桃李。不枉[⑪]东风吹客泪。相思难表，梦魂无据，惟有归来是。

◎注释

①青玉案：词牌名，又叫一年春、西湖路、青莲池上客等。汉张衡《四愁诗》："美人赠我锦绣段，何以报之青玉案。"因此取为调名。

②都来：算来。

③几：若干、多少。

④三之二：三分之二。

⑤红嫣：红艳、浓丽的花朵。

⑥浑：全。

⑦可事：小事；寻常之事。

⑧长安：指开封汴梁。

⑨争似：怎像。

⑩家山：家乡的山。指故乡。

⑪不枉：不怨，不怪。

◎译文

细细算来，一年中春光已过了三分之二。绿荫下花儿娇红美丽，看起来赏心悦目。在杨柳依依的庭院中，帘幕在暖风中飘动。有个人正在忧心忡忡，满面憔悴。

即使能在繁华的长安市里买花载酒，也无法比得上在故乡家中，看见桃李花开的喜悦心情。不怨春风吹得异乡人落泪，都因想家的情太深。相思难以表达，梦也了无痕迹，只有归来故乡那天才会真的如愿以偿。

◎创作背景

这首词具体创作时间待考。据词意，应于宋英宗治平年间（1065年—1067年）所写。当时欧阳修上表请求外任，不准，此后两三年间，因为被蒋之奇等诬谤，多次辞职，都未得允准，直到宋神宗熙宁四年（1071年）六月，才得以太子少师的身份辞职。

◎赏析

这首词通过对晚春景色中，一个人在花红柳绿下独自忧伤画面的描写，用西京的繁华与家乡景致做比较，表达了作者厌倦宦游，欲归乡里的心情。

“一年春事都来几，早过了、三之二”，起笔突兀，先提出疑问后自问自答：三分春色，早已过了三分之二，直接抒发伤春的感慨。

“绿暗红嫣浑可事”，用“绿暗红嫣”暗示春已到头，但这并不意味着再没有让人赏心悦目的事了，这样的时刻更应该好好把握，及时行乐。

“绿杨庭院，暖风帘幕，有个人憔悴”，层层推进，穿过庭院，揭开帘幕，现出一个憔悴之人。可此人憔悴的原因，词人没有说明，把答案留到了下文。

“买花载酒长安市，又争似、家山见桃李”，用比兴手法，将结交名妓与家中娇妻相比较，表明词人有了归家的念头。

“不枉东风吹客泪”，解答上文“憔悴”的原因是因为思念家乡的缘故。

“相思难表，梦魂无据”，揭明伤春落泪乃因内心相思情切，连魂灵都日思夜梦“家山桃李”，虽说是空幻无据。春风吹泪，不过是郁于心而形于面而已。

“惟有归来是”，显示了作者唯有归返家乡最好，趁桃李芳华，享受团圆美满，以慰藉孤独、寂寞，流露出对仕途迁延的厌倦。

全词触景生情，思近及远，以花为结构，以情蕴为脉络，构思新巧，心理刻画深曲婉转。语言浑成，感情真挚，动人心魄。

◎轶闻异物录

汴 梁

元朝初，沿袭金朝称呼，仍为南京路。元世祖至元二十五年（1288年），改南京路为汴梁路，为河南江北行中书省治，“汴梁”始而得名。朱元璋洪武元年(1368年),建北京于汴梁。洪武二年(1369年),罢北京，复称开封府，为河南布政司治。领州四、县三十。

相传在两千多年前，周文王之子毕公高，曾经在此筑城。而“开封”之名始于春秋，是郑庄公取“开拓封疆”之意而得名的。战国时，魏惠王将国都迁到这里，定名“大梁”。

后晋、后汉、后周相继建都开封。公元938年称开封为东京。公元960年，后周禁军大将赵匡胤发动陈桥兵变，定都开封，建立北宋。北宋开封人口达一百五十万，不仅是国内经济、政治、文化中心，而且是“万国咸通”的国际大都市。公元1126年金攻陷开封，改开封为汴京。公元1214年金朝迁都开封。元至元二十八年（1291年）设河南江北行中书省于开封。

公元1642年，李自成攻打开封，明军扒开黄河，开封城遭破坏，城中三十七万人，仅剩三万余人。清代设开封府，清末开封辟为商埠，民族资本工业兴起，先后创办了机械、兵器、面粉、火柴、烟草等工厂。民国其间，开封为河南省会。

御带花[①]·青春何处风光好

青春何处风光好？帝里[②]偏爱元夕[③]。万重缯（zēng）彩[④]，构一屏峰岭[⑤]，半空金碧。宝檠[⑥]（qíng）银钰，耀绛幕[⑦]、龙虎[⑧]腾掷[⑨]。沙堤[⑩]远，雕轮绣毂[⑪]（gǔ），争走五王宅[⑫]。

雍容[⑬]熙熙[⑭]昼，会乐府神姬[⑮]，海洞仙客。拽香摇翠[⑯]，称执手行歌，锦街天陌[⑰]。月淡寒轻，渐向晓、漏声[⑱]寂寂。当年少，狂心未已，不醉怎归得！

◎注释

①御带花：词牌名，调见《六一词》，双调一百字，前段九句四仄韵，后段十句四仄韵。

②帝里：帝都，京都，此处指汴京。

③元夕：指元宵节。

④缯彩：彩色的丝织品。缯：古代对丝织物的总称，此处指彩灯。

⑤一屏峰岭：指用缯彩所扎的灯山。

⑥宝檠：华美的灯。檠：灯架，代指灯。

⑦绛幕：红色的幕帐。绛：红纱。

⑧龙虎：指龙形和虎形的彩灯。

⑨腾掷：向上飞起的样子。这里指龙虎状的彩灯惟妙惟肖。

⑩沙堤：专为宰相通行车马所铺筑的沙面大路。

⑪雕轮绣毂：指雕花彩饰精美的车。毂：指车轮或车。

⑫五王宅：此处指北宋诸王府。当初唐玄宗兄弟在圣历初年（698年）搬出宫廷居住，五人分院同居，号称五王宅。

⑬雍容：舒缓；从容不迫的样子。

⑭熙熙：温和欢乐的样子。

⑮神姬：仙女，指官府中的乐伎。

⑯拽香摇翠：这里指穿戴着染香的罗衣，摆动着翠玉的头饰。

⑰锦街天陌：这里指处处锦绣的天街大道。

⑱漏声：铜壶滴漏声音。

◎译文

哪里的春天有最美好的风光呢？元宵节则非常受京城里人们的偏爱。人们用千万重五彩丝绸，建造起的彩楼，高如山峰，直立半空，金碧辉煌。五彩斑斓的华美街灯点缀在红色的帷幕上，多姿多态，有如龙腾虎跃。在长长的平整而开阔的道路上，精致的马车络绎不绝，奔走于王宫贵族人们的府邸之间。

赏灯的人们个个从容不迫，欢欣快乐，他们在华灯齐放的元宵之夜，以夜为昼，纵情玩乐，有美如天仙的歌舞女子的表演，也有扮成海上仙山来客的图画故事。观灯的人群衣着鲜丽，翠袖飘香，一起执手欢歌，在这锦绣大街中如潮水般涌动。月光淡薄，有些许寒意，天色已经渐渐破晓，铜壶滴漏之声也逐渐疏寂。我这正值青春的狂热少年仍意犹未尽，不喝个酩酊大醉又怎么会回去呢？

◎创作背景

这首词据其词意，写北宋都城汴京元宵盛况，且无岁月苍老之意，当作于词人自洛阳归京后的宋仁宗景祐二年至三年（1035 年—1036 年）间。具体创作时间待考。

◎赏析

这首词处处浓墨重彩，勾勒出美轮美奂的帝京气象，既体现出作者的无限激情，又体现出一个年轻官员志得意满的豪俊之气，客观上也展示了仁宗时期国泰民安的熙熙景象。

“青春何处风光好？帝里偏爱元夕”，开篇以设问的形式表达出词人对京城元宵的喜爱之情。

“万重缯彩，构一屏峰岭，半空金碧。宝檠银钰，耀绛幕、龙虎腾掷”，词人以铺叙的笔法具体描述汴京元宵的美丽热闹。“万重”“半空”，描述彩绸之多，以至于构成如山岭一般层层叠叠、出神入化的连绵景象，再现了元宵张灯结彩的情景。绛幕前“龙虎腾掷”描述各式各样形态如真的花灯，把汴京的夜晚变成了人与自然、人与天界完全融合的奇幻世界。

“沙堤远，雕轮绣毂，争走五王宅”，描述元宵节车水马龙的景象。“争走”，华丽大街上，奔走在王侯贵族府第的人格外多，既表现了当时元宵节热闹非凡，又显示了官府中人才济济、宾客满堂的盛况。

“雍容熙熙昼，会乐府神姬，海洞仙客”，人群熙熙攘攘，街市恍如白昼，还有各种表演，有美若天仙般的女子表演歌舞，还有的表演各种神仙府第的故事。

“拽香摇翠，称执手行歌，锦街天陌”，“锦街天陌”，也就是在京城的锦绣街道上，人们衣着华美，襟袖飘香，携手观灯，一路欢歌。

“月淡寒轻，渐向晓、漏声寂寂”，转写自然环境，月色淡下去了，计时的漏声渐稀，天快亮了。表明元宵狂欢，夜深欢未尽，虽然天快亮了，但游玩的人并未散去。

“当年少，狂心未已，不醉怎归得”，为作者心迹的自我表白：在这样纵情欢游之夜，年少狂热的年轻人当尽兴畅饮，不醉不归。表现了诗人当时雄心满怀、放浪不羁的真性情。

全词采用纪实的手法，文笔疏宕，景真情真，语句生动形象，给人以极为强烈的审美感觉，读之宛若身临其境。

◎轶闻异物录

钱惟演

钱惟演（977 年—1034 年），字希圣，钱塘（今浙江杭州）人。

北宋大臣、文学家，吴越忠懿王钱俶第七子，章献明肃皇后刘娥之兄刘美的妻舅。钱惟演随钱俶归宋，历任右神武将军、太仆少卿、命直秘阁，预修《册府元龟》，累迁工部尚书，拜枢密使，官终崇信节度使，卒赠侍中，谥号“思”。后加赠太师、中书令、英国公，改谥“文僖”。

钱惟演博学能文，在文学创作上颇有建树，为“西昆体”骨干诗人。他喜招徕文士，奖掖后进。晚年为西京留守时，对欧阳修、梅尧臣等人颇有提携之恩。所著今存《家王故事》《金坡遗事》。

宋仁宗景祐元年七月乙巳（1034 年 9 月 3 日），钱惟演去世，享年五十八岁。太常张瑰根据《谥法》“敏而好学称为文，贪而被撤职称为墨”这一条，请赠钱惟演谥号“文墨”。钱氏家属上诉，仁宗命章得象等人重新议定，因为钱惟演没有贪污等劣迹，而且晚年忠于职守，有悔过自新、谨慎从事之意，根据《谥法》“追悔前过曰思”这一条，改谥“思”。宋仁宗庆历五年（1045 年），刘、李两太后一起配享真宗，钱惟演之子钱暧提出这是他父亲先前的建议，遂得改谥为“文僖”。

玉楼春·洛阳正值芳菲节[1]

洛阳正值芳菲节，秾（nóng）艳[2]清香相间（jiàn）发[3]。游丝[4]有意苦相萦，垂柳无端争赠别[5]。

杏花红处青山缺，山畔行人山下歇。今宵谁肯远相随，惟有寂寥孤馆[6]月。

◎注释

①芳菲节：花草飘香的季节，指春季。

②秾艳：指花木茂盛而鲜艳。

③相间发：指先后连续不断地开花。

④游丝：飘荡在空中的蜘蛛和青虫之类所吐的丝。

⑤“垂柳”句：古有折柳送别的风俗。

⑥馆：驿馆。

◎译文

洛阳城正值花草飘香的季节，万紫千红芳香正浓。游丝故意将我萦绕，杨柳无情，争相送别为哪般。

杏花红遍，看不见青峰。山路远，我在驿站停留。路漫漫，今宵谁能伴我，唯有寂寞、孤馆与明月。

◎创作背景

这首词是宋仁宗景佑元年（1034年），词人召试学士院，授任宣德郎，回京做了馆阁校勘，参与编修《崇文总目》，春天离开洛阳之时，有感而作。

◎赏析

这首词主要通过景物环境和旅途生活，抒写依依深情。

“洛阳正值芳菲节，秾艳清香相间发”，词的开篇，就把读者带进了作者所在的百花争春的洛阳城。后一句又用“清香”使洛阳的春色变得更为具体可感。“秾艳”不仅描述了花木繁盛、姹紫嫣红的景象，而且还使人仿佛感受到了春风吹送过来的阵阵花香。“相间开”，百花连续不断地盛开，更深一层地向人们展示了洛阳的繁华与美丽。

“游丝有意苦相萦，垂柳无端争赠别”，庾信的《春赋》曾用“一丛香草足碍人，数尺游丝即横路”来点染春景。游丝和垂柳原是无情之物，但在惜别者眼中，它们却仿佛变得有情了。这里作者用拟人化的手法，说游丝苦苦地缠绕着人不让离去，又埋怨杨柳怎么没来由地争着把人送走，一“苦”一“争”，抒发自己不舍离去的心情。

“杏花红处青山缺，山畔行人山下歇”，用不见青山来衬托漫山梨花的多。又用途中歇脚的行路人，描写旅途的忧伤。

“今宵谁肯远相随，惟有寂寥孤馆月”，回京途中，人烟稀少，和繁华的洛阳形成鲜明的对照。“寂寥孤馆月”，作者对洛阳和好友的分别之伤喷薄而出。词至此戛然而止。

整首词写得既深婉又层深，既含蓄又充满激情，堪称言尽而意永的佳作。

◎轶闻异物录

古代驿站

驿站，是古代供传递军事情报的官员途中食宿、换马的场所。有关“邮”字的始源意义，可从中国的邮驿及邮政的演变中了解：在中国古籍中，关于通信事务之记载常见“传”“遽”二字，至于“邮”字，则语出《孟子・公孙丑》：“孔子曰德之流行速于置邮而传命。”

从春秋、左传等书之叙述，可知当时通信方式有三种：一是“传”，为车递；二是“邮”，为步递；三是“驿”，为马递，综称“传遽”。后因车递费用太大，渐不使用，只剩步递及马递，故改称为“邮驿”站。

除了中国古代的驿站外，世界各地的类似场所有波斯的波斯御道、日本的宿场及美国的驿马快信。

随着铁路及汽车的发展，古代主要供官方及军队使用的驿站式微，取而代之的是平民也可利用的车站，现今日语及韩语仍沿用“驿”称呼车站。

中国是世界上最早建立有组织的传递信息系统的国家之一。最远可追溯自三千多年前的商代甲骨文。乘马传递曰驿，驿传是早期有组织的通信方式。位于嘉峪关火车站广场的“驿使”雕塑，取材于嘉峪关魏晋壁画墓，驿使手举简牍文书，驿马四足腾空，速度飞快。此砖壁画图于 1982 年被中华全国集邮联合会第一次代表大会作为小型章邮票主题图案使用，由此看出嘉峪关是中国信息文化的发源地之一。

戏答元珍[1]

春风疑不到天涯②，二月山城③未见花。
残雪④压枝犹有橘，冻雷⑤惊笋欲抽芽。
夜闻归雁⑥生乡思，病入新年感物华⑦。
曾是洛阳花下客⑧，野芳虽晚不须嗟⑨。

◎注释

①元珍：丁宝臣，字元珍，常州晋陵（今江苏常州市）人，当时在峡州（治所在今湖北宜昌）做军事判官。

②天涯：指极边远的地方。诗人当时被贬官夷陵（今湖北宜昌市），距京城遥远，所以这样说。

③山城：指欧阳修当时任县令的峡州夷陵县（今湖北宜昌）。夷陵面江背山，所以被称为山城。

④残雪：初春雪还未完全融化。

⑤冻雷：初春时节的雷，因还有雪，所以称冻雷。

⑥归雁：春季雁向北飞，秋天南归，所以称归雁，传说它能为人传信，古时常用作思乡怀归的象征物。

⑦感物华：感叹事物的美好。物华：指美好的景物。

⑧“曾是”句：宋仁宗天圣八年（1030年）至景祐元年（1034年），欧阳修曾任西京（洛阳）留守推官，领略了当地牡丹盛况，写过《洛阳牡丹记》。

⑨嗟：指叹息。

◎译文

我真怀疑这春风是吹不到边远山城的，
已经是二月天了，还未瞧见有花绽放。
枝头未融尽的积雪，仍挂着旧年橘子，
带着寒意的春雷声吓得竹笋连忙抽芽。

夜阑人静听闻雁鸣，不禁思念起故乡，
病中逢新春，不由感叹岁月催人奋进。
我也曾经是洛阳牡丹花的忠实欣赏者，
这野花开得虽晚，可没什么好感伤的。

◎创作背景

宋仁宗景祐三年（1036年）五月，欧阳修降职为峡州夷陵（今湖北宜昌）县令，朋友丁宝臣（元珍）写了一首题为《花时久雨》的诗给他，欧阳修便写了这首诗作答。

◎赏析

这首诗是作者遭贬谪后所作，表现出作者谪居山乡的寂寞心情和自解宽慰之意。

“春风疑不到天涯，二月山城未见花”，首联既叙写了作诗的时间、地点和山城早春的气象，既写山城荒僻冷落，又抒发了自己山居寂寞的情怀。借“春风”与“花”的关系来寄喻君臣、君民关系，进一步透露出诗人被贬后的抑郁情绪。

“残雪压枝犹有橘，冻雷惊笋欲抽芽”，选择了山城二月最典型、最奇特的景物铺开描写，恰似将一幅山城早春画卷展现出来，读来别有韵味。“犹有橘”一片残雪中的橘子显得格外醒目，充满了春的开机。“欲”赋予竹笋以知觉，以地下竹笋正欲抽芽之态，生动形象地把一般人尚未觉察到的“早春”描绘出来。

“夜闻归雁生乡思，病入新年感物华”，由写景转为写感慨，诗人远谪山乡，心情苦闷，夜不能寐，被归雁引发了乡愁。自己被贬之前任西京留守推官的任所洛阳，正如同故乡一样令人怀念。诗人曾在洛阳度过最欢乐的时光。不禁由往事的回忆联想到目下的处境，时光流逝，景物变换，叫作者感慨万千。

“曾是洛阳花下客，野芳虽晚不须嗟”，诗末两句虽然是自我安慰，但却透露出极为矛盾的心情，表面上说他曾在洛阳做过留守推官，见过盛盖天下的洛阳名花名园，即使见不到此地晚开的野花也不须嗟叹了，但实际上却充满着一种无奈和凄凉，“曾是”表达了对过去的怀念，“不须嗟”实际上是大可嗟，体现了作者极度悲伤却又故作旷达的矛盾心理。

整首诗怨而不怒，将题首冠以“戏”字，声明自己写的不过是游戏文字，将君主关系点到即止，并未深入，用词简单质朴，一扫当时诗坛西昆派浮艳之风，写来清新自然，别具一格。

◎轶闻异物录

丁宝臣

丁宝臣，宋仁宗景祐元年（1034 年）与其兄同榜高中进士。丁宝臣为峡州（今湖北省宜昌县）军事判官（协助州官处理政务），与欧阳修始有往来，同游河西甘泉寺。景佑四年（1037 年），欧阳修有酬答诗《戏答元珍》。后迁知剡溪县、端州（今广东肇庆市）太守。宋仁宗皇祐四年（1052 年）四月初六，广西壮族首领侬智高反宋，五月十九日陷城，宝臣弃城而逃，因罪贬黄州，改知诸暨县。宋英宗治平元年（1064 年）为秘阁校理，同知太常礼院。官至尚书司封员外郎。出通判永州。生平见《欧阳文忠公集卷二五：丁君墓表》《临川集卷九一丁君墓志铭》。

治平四年（1067 年）于宝臣病卒，终年五十七岁。欧阳修为他撰写了墓表、祭文，王安石为他撰写了墓志铭。著有《文集》（四十卷）已佚。

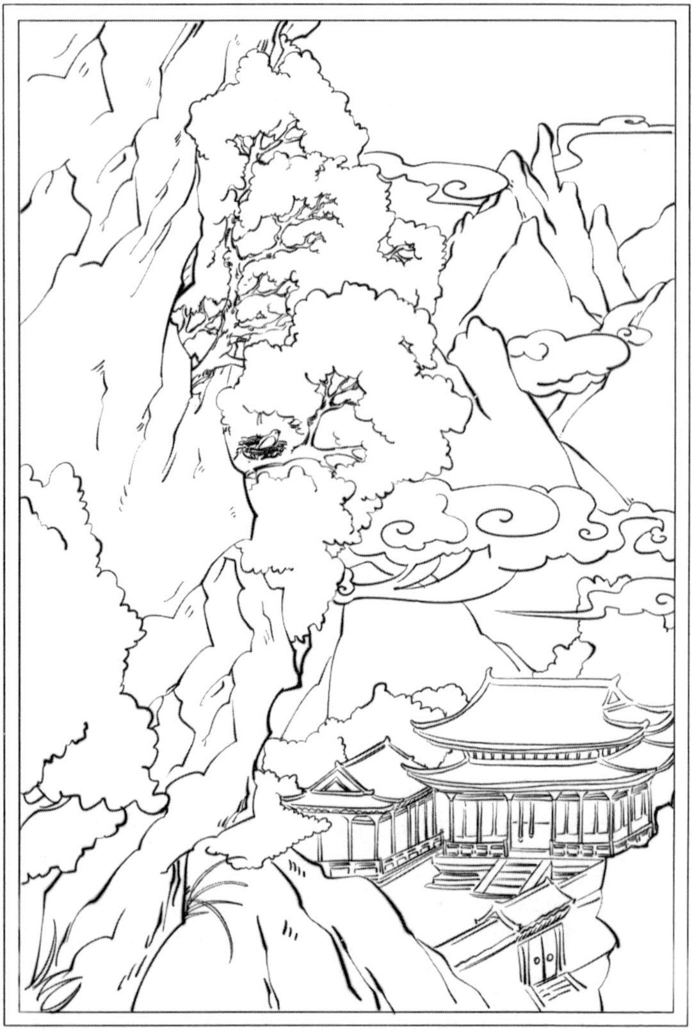

忆滁州幽谷

滁南幽谷[①]抱千峰，高下山花远近红。
当日辛勤皆手植，而今开落任春风。
主人不觉悲华发，野老[②]犹能说醉翁[③]。
谁与援琴[④]亲写取，夜泉声在翠微[⑤]中。

◎注释

①滁南幽谷：在滁州城西约一里的大丰山北麓，是欧阳修发现的，至今仍然存在。

②野老：村野老人。

③醉翁：作者的自称。欧阳修在滁州时开始自称“醉翁”。

④援琴：指持琴，弹琴。

⑤翠微：指青翠的山。

◎译文

群山环抱着滁州丰山空旷的幽谷，
参差不齐的山花景色也各不相同。
当年我曾经亲手种植的花草树木，
如今应随春风尽情地花开花谢吧。
只是如今我已经在悲慨华发早生，
滁州老人还能谈起那位欧阳太守。
谁能替我奏那瑶琴，作一支新曲，
把夜泉流动的美妙声给展现出来。

◎创作背景

本诗大致作于宋仁宗皇祐元年至宋英宗治平二年（1049年—1065年）间，是作者在汴京任职时，回忆起自己在滁州任上植树的情景所作。具体创作时间待考。

◎赏析

全诗通过回忆在滁州时的景色及事物与现在作对比，体现了作者对当时滁州生活及民众的思念之情。

“滁南幽谷抱千峰，高下山花远近红”，对滁州的优美环境进行描写，“幽谷”显得既空旷又安静，“抱”运用拟人手法，表现了山水景谷互相交融的画面。

“当日辛勤皆手植，而今开落任春风”，在这里作者展开想象，当年栽植的草木现在应该随风开落了吧。“皆手植”作者时为滁州太守，却不辞辛劳亲自栽植，表现了作者对滁州幽谷景色的珍视和对大自然的热爱。

“主人不觉悲华发，野老犹能说醉翁”，欧阳修在滁州时为官清廉，能与民同乐。“ 犹能”如今作者头发已斑白，村里的老人仍记得他的事情，可见当时的太守与民众之间的鱼水情。

“谁与援琴亲写取，夜泉声在翠微中”，欧阳修非常喜爱幽谷泉，但今日身在汴京，想再听到幽谷夜泉的声音，已不可能。所以作者展开奇特的想象，希望有人让琴曲模拟滁州幽谷中的泉水，在琴声中展现深夜泉水淙淙流动的美妙声音。表达了作者对滁州的深深思念。

幽谷是给欧阳修留下深刻印象的滁州景物。在本诗中，对滁州美好景色的回忆，对当初情景的回味，悲华发的感慨，野老念醉翁的厚意，熔为一炉。全诗写得颇耐人咀嚼。

宋英宗赵曙

赵曙（1032年—1067年），即宋英宗（1063年—1067年在位），原名赵宗实，后改名赵曙，宋太宗赵光义曾孙，商王赵元份之孙，濮王赵允让第十三子，宋仁宗赵祯养子。宋朝第五位皇帝。

宋仁宗赵祯自己没有儿子（三个儿子全部早夭），于是在景祐二年（1035年），幼年的赵曙被仁宗接入皇宫，赐名为赵宗实，交给曹皇后（后来的曹太后）抚养。

赵宗实天性极为孝顺，喜好读书，不做嬉游玩乐的事情，穿的用的节俭朴素得像一个儒者。常穿着朝服见他的老师，说："你是我的老师，不敢不以礼相见。"当时吴王宫教授吴充进呈《宗室六箴》，仁宗把它交给宗正，赵宗实把内容写在屏风上来约束自己。初任左监门卫率府副率，后历任右羽林军大将军、宜州刺史、岳州团练使、秦州防御使。嘉祐七年（1062年），被立为太子，改名赵曙，封巨鹿郡公。

嘉祐八年（1063年），赵曙即帝位。赵曙为帝之后，任用旧臣韩琦等人，与辽国和西夏没有发生大规模的战争。治平三年（1066年），赵曙命司马光设局专修《资治通鉴》。

治平四年（1067年），赵曙因病驾崩于宫中福宁殿，享年三十五岁。在位四年，谥号为宪文肃武宣孝皇帝，庙号英宗，葬于永厚陵（今河南巩义孝义堡）。元丰六年（1083年）十一月，加谥体乾应历隆功盛德宪文肃武睿圣宣孝皇帝。

画眉鸟

百啭[①]（bǎi zhuàn）千声随意移，山花红紫树高低。

始知[②]锁向金笼[③]听，不及[④]林间自在啼。

◎注释

① 百啭：指鸣声婉转多样。

② 始知：刚知道，这才明白的意思。

③ 金笼：贵重的鸟笼，喻指不愁吃喝、生活条件优越的居所。

④ 不及：不如，比不上的意思。

◎译文

在那百花绽放得高低有致的林木里，
成百上千的鸟儿随着自己心意鸣叫。
现在才知道锁在金笼里的画眉叫声，
远远比不上悠游林中鸟的自在啼唱。

◎创作背景

这首诗具体创作时间不详，学术界流传三种说法：景祐三年至康定元年（1036 年 -1040 年）间；庆历八年至至和元年（1048 年 -1054 年）八月间；熙宁四年至熙宁五年（1071 年 -1072 年）七月二十三日，其间欧阳修以太子少师的身份辞职。作者在晚年曾经多次提出辞官，但均未获得允许，特作此诗以表达自己厌倦官场想要回归自然田园生活的感受。

◎赏析

此诗借林中鸟的自在欢鸣与笼中鸟的曲意逢迎，将自己感悟到的生活理念，不露痕迹地含蕴其间，表现了作者对禁锢人才的憎恶与否定、对自由生活的热爱与向往。

“百啭千声随意移，山花红紫树高低”，画眉鸟千啼百啭，一高一低舞姿翩翩，使得嫣红姹紫的山花更加赏心悦目。“百啭”再现了林中鸟自由自在、无拘无束的样子。

“始知锁向金笼听，不及林间自在啼”，“金笼”与“林间”的对比，向我们展示了不同环境中画眉鸟的不同鸣声与形态，对比鲜明，反差强烈。“始知”只有见识了大自然中美妙声音，才知道笼中鸟长期被拘禁，按照饲养人的喜好来鸣叫，已经完全失去了最初的样子。“不及”表面上写诗人对林中鸟鸣声的喜爱，实际表达了自己想要挣脱羁绊，回归自由田园生活。

这首诗使用对比手法，借鸟咏怀，语句简单明了，可谓情景相融、情景结合。

◎轶闻异物录

画眉鸟

画眉鸟，是雀形目画眉科的鸟类。全长约二十二厘米。全身大部呈棕褐色。头顶至上背具黑褐色的纵纹，眼圈白色并向后延伸成狭窄的眉纹。

画眉鸟栖息于山丘和村落附近的灌丛或竹林中，机敏而胆怯，常在林下的草丛中觅食，不善作远距离飞翔。雄鸟在繁殖期常单独藏匿在杂草及树枝间，极善鸣啭，歌声悠扬婉转，声音十分洪亮，非常动听，尾音略似“如意”，因而古人称其叫声为“如意如意”。

画眉鸟全年食物以昆虫为主，其中大部分是农林害虫，包括蝗虫、椿象、松毛虫、金龟甲、鳞翅目的天社蛾幼虫和其他蛾类的幼虫等，都是它的捕捉对象。植物性食物主要为种子、果实、草籽、野果、草莓等。在繁殖季节，亲鸟为喂养雏鸟，大量捕捉昆虫。在非繁殖季节，“立秋”后，昆虫渐少，就以各种植物果实、杂草种子或嫩菜为食。冬季，画眉鸟将果实、种子藏于岩洞作为越冬食物。山里人说：“画眉多藏粮，大雪下得长。”

食糟[1]民

田家种糯[2]官酿酒，榷利[3]秋毫[4]升与斗。

酒沽[5]（gū）得钱糟弃物，大屋经年[6]堆欲朽。

酒醅[7]瀺灂[8]（chán zhuó）如沸汤，东风吹来酒瓮香。

累累[9]罂[10]与瓶，惟恐不得尝。

官沽[11]味醲[12]（nóng）村酒薄，日饮官酒诚可乐，

不见田中种糯人，釜[13]无糜（mí）粥[14]度冬春？

还来就[15]官买糟食，官吏散糟以为德[16]。

嗟[17]彼官吏者，其职称长（zhǎng）民[18]，

衣食不蚕耕，所学义与仁，

仁当养人[19]义适宜[20]，言可闻达[21]力[22]可施。

上不能宽国之利，下不能饱民之饥[23]。

我[24]饮酒，尔食糟。

尔虽不我责[25]，我责何由逃[26]！

◎注释

①糟：酒糟。古指未漉清的带渣的酒。这里指酒渣。

②糯：就是糯稻，酿米酒的好原料。

③榷利：指官方酿酒专卖取利。《宋史・食货志》记载：北宋时官方酿酒卖酒，各州各乡设酒务，偏僻的地方或许民酿，但需要纳税。

④秋毫：鸟兽在秋天新长的细毛。这里比喻极微薄的利。

⑤沽：这里指卖酒。

⑥经年：常年，全年。

⑦酒醅：已经酿成但尚未过滤的酒。

⑧瀺灂：水流动的声音。这里指滤酒的声音。

⑨ 累累：形容很多的样子。

⑩ 罂：一种盛贮器皿，这里指装酒的罐子。

⑪ 官沽：官家卖的酒。

⑫ 醲：指味浓烈的酒。

⑬ 釜：古代的锅。

⑭ 糜粥：这里指粥。

⑮ 就：向。

⑯ 德：恩德。

⑰ 嗟：叹词，表示忧虑。

⑱ 长民：为民之上。

⑲ 养人：指爱人。让人民过上好的生活。

⑳ 适宜：恰当的，这里指行事正当。

㉑ 闻达：指向皇帝报告，这里指使上面的人了解下面的实际情况。

㉒ 力：能力，魄力。

㉓ “上不能”二句：上不能扩大国家的利益，下不能使老百姓吃饱肚皮。

㉔ 我：我们。泛指官吏。因作者是官吏的一员，所以用第一人称。

㉕ 不我责：不责备我们。

㉖ 我责何由逃：我们的罪责是没有理由可以逃脱的。

◎译文

农民辛苦种植糯稻，官府却把酒酿造，
官府垄断卖酒市场，与民争利至分毫。
用卖酒的钱来获利，酒糟成为废弃物，
大屋子的酒糟常年堆满，慢慢地坏掉。
酿好的酒在过滤时像煮沸的汤水一般，
春风吹来，空气中弥漫着浓浓酒香味。
那么多的瓶子罐子里头全都装满了酒，
可是，依然在担心着喝不上好酒一样。
官家酿的酒味道浓厚，村里的酒淡薄，
官吏们天天都能够有官酒喝当然快乐。
他们哪里知道那些种植糯谷的田家人，

无米下锅熬粥，一年到头日子怎么过？
种田的人还得来向官府买酒糟当主食，
官吏卖酒糟给农民自以为是造福于民。
真让人感叹那些为官员为臣子的人啊，
还好意思被世人尊称他们为万民之长。
吃的、穿的都不用靠自己来养蚕种桑，
仁与义是他们应该要学习的治国之方。
仁能让百姓活命，而义能让百姓安康，
既可向皇上反映情况，也有权力施政。
可他们呢，对上不能使国家繁荣富强，
对下，也没有能力让老百姓免遭饥荒。
我在这里痛痛快快开开心心地喝着酒，
你们却在那里饿着肚子吃霉烂的酒糟。
即使你们不敢来到这里当着面谴责我，
可是以我自己的心，我也要自我谴责。

◎创作背景

这首诗具体创作时间待考。宋代的农村赋役制度，大致延续唐末的两税法，但增加了丁税。而差役则特别繁重，造成人民负担过大。官田招佃农耕种，由政府收取地租，称为“公田之赋”。但官田本身无人交纳秋夏二税，往往又把二税加到佃农头上，增加地租数量，即所谓“重复取税”。贪官污吏不断压迫，赋税深重，使得民不聊生。此首《食糟民》是对当时民生的真实反映。

◎赏析

这首诗描写了对腐败官吏的痛恨以及对百姓同情体恤之情，渲染出社会的黑暗，体现出诗人傲立同群的高尚人格。

“田家种糯官酿酒，榷利秋毫升与斗。酒沽得钱糟弃物，大屋经年堆欲朽”，开头揭示官府借酿酒专卖取利，与民众争利润。“秋毫升与斗”，即使微薄的利润也要争抢，表现了官吏不为民想，只知为自己谋取利益的情况。“经年”大屋子常年堆满酒糟任其坏掉，为下文百姓无以为食，买酒糟作铺垫，形成强烈的对比。

“酒醅瀺灂如沸汤，东风吹来酒瓮香。累累罂与瓶，惟恐不得尝”，酒过滤的时候犹如煮沸的汤一样，“如沸汤”将过滤时的情形比喻成汤开时的样子，让人脑海中既有情景又有声音，生动形象。正因为过滤使得风中酒香浓厚。“累累”表现了生产的酒甚多。

“官沽味醲村酒薄，日饮官酒诚可乐，不见田中种糯人，釜无糜粥度冬春”，写官民生活的对比。作者用冷峻的写实笔法，一方面揭露官吏们终日饮酒作乐，另一方面描述种田的百姓无米下锅，无法度日。对比强烈，将百姓悲惨的遭遇展露无遗。

“还来就官买糟食，官吏散糟以为德”，压迫得百姓已不能获得温饱，只能去购买官府不要的大屋子里的酒糟为食，而官吏们还认为卖糟给百姓是一种功德。“以为德”深刻表现作者对官府只知盘剥百姓、腐败享乐的嘲讽与愤慨。

“嗟彼官吏者，其职称长民，衣食不蚕耕，所学义与仁”，从官吏职责出发，表现官吏虽为民之上却不耕而食、离弃仁义。“嗟”可叹可恨，表现出作者对当官不为民谋利的失望与憎恶之情。

“仁当养人义适宜，言可闻达力可施。上不能宽国之利，下不能饱民之饥”，前两句表现了自古以来国家设立官员要求其能达到的作用及其对国对民的重要性。后两句“上不能”“下不能”，上没有对得起国家的信任，下没有为民谋利，对官吏只知享乐，欺压百姓，政绩上毫无作为的行为严加痛责，义正词严。在这里，作者对腐败官吏的痛恨、对百姓的同情体恤之情跃然纸上。

“我饮酒，尔食糟。尔虽不我责，我责何由逃”，末尾作者表明，包括自己在内的封建官吏都应对百姓的悲惨遭遇负责，这既是对不良官吏的当头棒喝，也体现出诗人傲立同群的高尚人格。

本诗句法极尽变化，所抒发的感慨，以议论为诗，而不露痕迹，可谓开宋诗新风。

◎轶闻异物录

酒　糟

酒糟，别名红糟、酒醅糟、粕等等，是米、麦、高粱等酿酒后剩余的残渣。在某些地方，人们把酒渣叫作酒糟。酒糟也叫作甜酒，作为作我国部分省份的特色美食，深受当地人喜爱。

酒糟是酿酒过程中的直接下脚料，它不仅含有一定比例的粮食，可以节省喂牛的精料，而且含有丰富的粗蛋白，其含量约高出玉米含量的两至三倍，同时还含有多种微量元素、维生素、酵母菌等，赖氨酸、蛋氨酸和色氨酸的含量也很高，这是农作物秸秆所不能提供的。酒糟是经发酵后高温蒸煮后形成的，所以它的粗纤维含量较低，这样就注定了酒糟作为牛的饲料有很好的适口性和容易消化的特点。

酒糟含有一定量的酒精度，喂食后，牛能够安心趴卧和反刍。给牛投喂酒糟二十到三十天左右就会发现牛的皮毛更加光亮柔顺，吃食也不再挑挑拣拣了。喂酒糟的牛，肉质好，纤维细、色泽鲜、有韧性，且净肉率提高百分之四到百分之七，每头牛可增加收入六百六十元至九百六十元不等。酒糟过去被酒厂当作废物，到处堆积。拿酒糟来喂牛，与秸秆饲料掺在一起，肉牛很爱吃，肉牛的瘤胃易于消化，长得壮而快，养牛的经济效益大增。

边　户[1]

家世为边户，年年常备胡[2]。

儿僮习鞍马[3]，妇女能弯弧[4]。

胡尘[5]朝夕起，虏骑蔑（miè）如无[6]。

邂逅[7]（xiè hòu）辄相射，杀伤两常俱[8]。

自从澶州盟[9]，南北结欢娱。

虽云免战斗，两地[10]供赋租。

将吏戒生事[11]，庙堂[12]为远图[13]。

身居界河[14]上，不敢界河渔。

◎注释

①边户：边境地区的住户，此处指代宋辽（契丹）交界处宋境内的居民。

②备胡：防备胡人侵扰。胡：古代对北方、西北少数民族的泛称，此处专指契丹。

③鞍马：指骑马战斗。

④弯弧：拉弓，指拉弓射箭。

⑤胡尘：胡地的尘沙，这里指辽军入侵。

⑥蔑如无：蔑视他跟没有人一样。蔑：轻视。

⑦邂逅：指不期而遇或者偶然相遇。

⑧俱：相当。

⑨澶州盟：澶州之战（1004 年）后宋辽双方签订的盟约，史称“澶渊之盟”。

⑩两地：指宋和辽。

⑪戒生事：不许惹起纠纷。

⑫庙堂：指北宋朝廷。

⑬远图：深远的谋略。

⑭ 界河：两国分界的河流。

◎译文

世世代代在边境生活的住户，年年都要防备胡人不断侵扰。
孩子从小就学会了骑马战斗，妇女们各个也都能开弓射箭。
胡人经常不分时间突然袭击，面对敌兵边民根本无所畏惧。
偶然遇上了双方便互相射杀，彼此之间经常都会有所伤亡。
自从两国签订澶州之盟以后，南北子民终于结交握手言和。
虽然说不会再继续厮打战斗，但是要异地两边都缴纳赋税。
当官的不许我们再无畏抵抗，说朝廷是为国家有深谋远图。
祖祖辈辈安居住在界河岸上，却丝毫不敢到界河里去打鱼。

◎创作背景

澶州之战（1004 年）后，宋朝损失惨重，辽军利用宋廷怯战弱点，胁迫宋归还后周从辽手中收复的关南（今河北雄县南瓦桥关、霸县益津关、淤口等三关以南）十县地。宋虽然拒绝割地，但是答应以每年输银十万两、绢二十万匹与辽达成撤军协议。这首诗是作者在宋仁宗至和二年（1055 年）冬天，充任贺契丹国母生辰朝官，出使契丹，途经边界时，有感而作。

◎赏析

这首诗分为两部分。前八句为第一部分，讲述澶渊之盟前，面对契丹的不断袭扰，世代居住在边境的人民，早已身经百战，连孩童妇孺都练就了一身的本领。表现了边境人民保卫家园的勇敢。后八句为第二部分，讲述澶渊之盟后，朝廷为一时安稳，对契丹妥协，由上而下命令百姓不得反抗，破坏两国“友好”，使得百姓深受迫害，苦不堪言。全诗揭露了屈辱的澶渊之盟给国家人民带来的深重灾难，抨击朝廷的腐败无能，对边户的不幸遭遇表达了深厚的同情。

“家世为边户，年年常备胡。儿僮习鞍马，妇女能弯弧”，形象地描写了边塞人民的备战意识。北宋从建国开始，就受到契丹的严重威胁。特别是澶渊之盟前一个时期，辽国的进攻更加频繁。开头两句，正是这种形势的真实写照。“家世”世代生活在这里的人民，不断地抵抗入侵，长期的战斗生活，培养了他们健壮的体魄和勇武性格。边民的英武表现在各个方面，诗中只写儿童妇女“习鞍马”“能弯弧”，取材很精，以小见大，给人留下深刻的印象。

“胡尘朝夕起，虏骑蔑如无。邂逅辄相射，杀伤两常俱”，描写边民对契丹人的英勇斗争。“朝夕”表明辽军不仅攻扰频繁，而且出没无常，威胁极大。“蔑如无”是说边民对契丹毫不畏惧，根本没有把他们放在眼中，表现了边民的英雄气概。“俱”表明辽军异常凶悍，也体现了边民为保卫国土、保卫自己的和平生活而英勇战斗的精神。

“自从澶州盟，南北结欢娱。虽云免战斗，两地供赋租”，写出议和是宋辽关系的一个转折点，从此以后，宋朝对辽就完全采取妥协屈服的方针了。“结欢娱”指这次议和，本是统治者的语言，边民引述，是对最高统治者的辛辣讽刺。宋朝廷软弱无能，用大量绢、银买得了“和平”，真正受苦的却是宋朝劳动人民，这大量的绢银，全都将从他们身上榨取出来。对于边民说来，他们更要同时向宋、辽两方交纳赋税，遭遇更加悲惨。这里表现了诗人对朝廷的失望和对边民的同情。

“将吏戒生事，庙堂为远图。身居界河上，不敢界河渔”，朝廷既然对辽采取妥协屈服的方针，边境上的将吏就要边民不准“生事”，也就是服服帖帖听凭契丹骚扰，不得反抗。“远图”本是统治者欺骗人民的话语，把这种妥协求和苟且偷安，说成是深谋远虑。诗中用作反话，加以讽刺。诗的最后两句就是“远图”的具体说明。“界河”本来是中原故土，此时却成了宋辽边界，而且由于朝廷的妥协退让，边民连去界河打鱼的权利也被剥夺了。“不敢”，不仅是说要遭到辽军的横蛮干涉，还包括宋朝将吏的制止，因为他们害怕得罪辽军。末尾两句极为悲愤沉痛，是对朝廷的尖锐谴责。

这首诗写法同杜甫的名篇“三别”相同，都是采用诗中人自叙的口吻。这样写可以使人感到更加真切，增强作品的感染力。诗中把澶渊之盟的前后作为对照，因而对朝廷主和派的揭露更加深刻有力。欧阳修前期在政治上站在以范仲淹为代表的改革派一边，对辽和西夏主张坚决抵抗，反对妥协。这首诗正是这种政治主张的反映。

◎轶闻异物录

澶渊之盟

自宋真宗咸平二年（999年）开始，辽国陆续派兵在边境挑衅，掠夺财物，屠杀百姓，给边境地区的居民带来了巨大灾难。虽然宋军在杨延朗（又名杨延昭，也就是人们熟知的杨六郎）、杨嗣等将领率领下，积极抵抗入侵，但辽国骑兵进退速度极快，战术灵活，给宋朝边防带来的压力愈益增大。自雍熙北伐惨败后，宋朝对辽国就一直心存畏惧，逐渐由主动进攻转为被动防御。相反，辽国对宋朝却是步步紧逼，不断南下侵扰宋朝。

从中原王朝来看，燕云十六州的得失，关系一代江山的安危。这十六州的幽、蓟、瀛、莫、涿、檀、顺七州在太行山北支的东南，称为“山前”，其余九州在山的西北，称为“山后”。今长城自居庸关以东向西南分出一支，绵亘于太行山脊，到朔州以西复与长城相合，这就是内长城。中原失“山后”，犹有内长城的雁门关寨可守，失“山前”则河北藩篱尽撤，契丹的骑兵就可沿着幽蓟以南的坦荡平原直冲河朔。所以中原王朝从后周柴荣起，就开始了与辽争夺幽云十六州的战争。

宋辽战争长达二十五年，其目的在于争夺燕云十六州。由于燕云十六州是一个先进的农业区，它的农业、手工业和其他文化活动都比契丹本部地区发达，因此契丹统治者对这一地区的重要性有着足够的重视，他们把燕云十六州中的幽州升为南京，改皇都为上京，把原先的南京（辽阳）改为东京，又在南京幽州建立了相应的官职，视为腹地，俨然以大国的姿态屹立于与宋朝对峙的北方。从这时的辽国来看，萧太后治理内政，励精图治，国内形势逐渐稳定下来，奠定了发动战争的基础。

宋真宗景德元年（1004 年）秋，辽萧太后与辽圣宗亲率大军南下，深入宋境。宋朝有的大臣主张避敌南逃，宋真宗也想南逃，但因宰相寇准的力劝，才至澶州督战。宋军坚守辽军背后的城镇，又在澶州（河南濮阳）城下以八牛弩射杀辽将萧挞览（一作凛）。辽由于自身原因，很早就通过降辽旧将王继忠与北宋朝廷暗通关节。宋真宗也赞同议和，派曹利用前往辽营谈判，于十二月间（1005 年 1 月）与辽订立和约：辽宋约为兄弟之国，宋每年送给辽岁币银十万两、绢二十万匹，宋辽以白沟河为边界。因澶州（河南濮阳）在宋朝亦称澶渊郡，故史称“澶渊之盟”。

此后辽宋百年间不再有大规模的战事，礼尚往来，通使殷勤，双方互使共达三百八十次之多，辽朝边地发生饥荒，宋朝也会派人在边境赈济。宋真宗崩逝消息传来，辽圣宗“集蕃汉大臣举哀，后妃以下皆为沾涕”。

丰乐亭[1]游春三首

其一

绿树交加山鸟啼，晴风荡漾落花飞。

鸟歌花舞太守[2]醉，明日酒醒春已归[3]。

其二

春云淡淡日辉辉，草惹行襟絮拂衣。

行到亭西逢太守，篮舆[4]（yú）酩酊[5]插花归。

其三

红树[6]青山日欲斜，长郊[7]草色绿无涯[8]。

游人不管春将老[9]，来往亭前踏落花。

◎注释

① 丰乐亭：位于安徽省滁州市琅琊山旅游区丰山脚下，是北宋欧阳修任滁州太守时所建。

② 太守：官名。汉景帝时成为一郡的最高行政长官。宋朝称权知某军州事，简称为知州。诗里称为太守，乃借用汉唐称谓。

③ 归：归去。

④ 篮舆：古代供人乘坐的交通工具，形制不一，一般以人力抬着行走，类似后世的轿子。

⑤ 酩酊：形容醉得很厉害。

⑥ 红树：这里指开红花的树，或落日反照的树。

⑦ 长郊：广阔的郊野。

⑧ 无涯：无边际。

⑨ 春将老：春天将要过去。

◎译文

其一

茂密的绿树间夹杂着山中鸟儿欢快的鸣声，

恣意的春风在万里晴空吹得花瓣漫天飞舞。

我不禁沉醉在一片鸟语花香的无边春色中，

大概明天等我酒醒时估计早春天已经归去。

其二

春天到来了阳光温暖，风儿淡淡云儿飘飘，

青青草色牵着游人衣襟，纷飞柳絮洒落身。

信步来到亭子西边，恰好与太守不期而遇，

他酩酊大醉坐在轿里，头上插满鲜花而归。

其三

红花绽满树，青山隐隐，日渐西落。

辽阔的郊野上，草色青青一望无际。

赏春的人游兴正浓，哪管春天将去。

熙来攘往的人在丰乐亭前踏着落花。

◎创作背景

宋仁宗庆历五年（1045年），欧阳修谪知滁州。第二年，他在丰山附近发现了紫薇泉，见那里不但泉好，风景也美，便在泉侧建了这座亭院。欧阳修为此还写下了《醉翁亭记》的姐妹篇《丰乐亭记》。次年三月欧阳修为记载与民同乐的盛况创作了这三首诗。

◎赏析

第一首诗用拟人手法写鸟语花香，用夸张手法说“酒醒春已归”，感叹春天的短暂。第二首诗前两句形象地写出了春天的美景，后两句借太守插花醉归形象的塑造，侧重写醉春的形态。第三首诗写暮春时节一望无际、郁郁葱葱的美景，表达了游人对此怀着喜爱和恋恋不舍的感情。

“绿树交加山鸟啼，晴风荡漾落花飞。鸟歌花舞太守醉，明日酒醒春已归”，对美丽的景色进行描写。“交加”，意为树木枝叶繁茂，种植紧密，所以枝叶交叉重叠，形成一片绿荫。“荡漾”两字写出春风在青山幽谷、林间草坪飘扬的情形，也写出游人在撩人春景中的愉快心境。美景中诗人醉卧梦乡。第四句表面说醉了一天，实际是醉了整整一个春天。此句用夸张的语言反衬春景迷人和春日短暂，带有浓厚的惋惜之意。

“春云淡淡日辉辉，草惹行襟絮拂衣。行到亭西逢太守，篮舆酩酊插花归”，描写游人闲来无事游丰乐亭的所见所闻。一个“惹”字写出了春草欣欣向荣之势，春草主动来“惹”人，表现了春意的撩人；配上一个“拂”字，更传神地描绘了春色的依依。此句与白居易的名篇《钱塘湖春行》中“乱花渐欲迷人眼，浅草才能没马蹄”两句相比，功力悉敌，简直把春景写活了。第三、四句写游人在亭西碰上了欧阳太守，他双鬓和衣襟上插满了花卉，坐在竹轿上大醉而归，显示出其洒脱不羁的性格。

“红树青山日欲斜，长郊草色绿无涯。游人不管春将老，来往亭前踏落花”，第三首写春日将尽，而游客依然络绎不绝。在这批惜春的游人队伍中，当然有诗人自己在内。“不管”二字把对春天的眷恋之情写得既缠绵又酣畅。

这三首诗都是前两句写景，后两句抒情，写景鲜艳斑斓，抒情含意深厚，情致缠绵，余音袅袅。欧阳修是写惜春的高手，写景能让读者跟着自己一起沉醉于自然美景，抒情能令读者对繁华美景易逝惆怅不已。这也正是欧阳修诗文的独特魅力。

丰乐亭

丰乐亭，位于安徽省滁州市琅琊山旅游区丰山脚下紫薇泉旁，为北宋欧阳修任滁州太守时所建，是安徽省文物保护单位。

庆历五年（1045年），欧阳修谪知滁州。第二年，他在丰山附近发现了紫薇泉，便在泉侧建了这座亭院。他在《丰乐亭记》中写道："修既治滁之明年夏，始饮滁水而甘，问诸滁人，得于州南百步之近。基上丰山耸然而特立，下则幽谷窈然而深藏，中有清泉，翁然而父子同。俯仰左右，顾而乐之，于是疏泉凿石，辟地以为亭，日与滁人往游其间。"

据说欧阳修在家中宴客，遣仆去醉翁亭前酿泉取水沏茶。不意仆在归途中跌倒，水尽流失，遂就近在丰山取来泉水。可是欧阳修一尝便知不是酿泉之水，仆从只好以实相告。欧阳修当即偕客去丰山，见这里不但泉好，风景也美，于是在此疏泉筑池，辟地建亭。泉名"丰乐泉"，亭名"丰乐亭"，取"岁物丰成""与民同乐"之意。欧阳修为此还写下了《醉翁亭记》的姐妹篇——《丰乐亭记》，还以《丰乐亭游春》一诗记载与民同乐之盛况："红树青山日欲斜，长郊草色绿无涯。游人不知春将老，来往亭前踏落花。"

后来苏东坡又把《丰乐亭记》全文书刻于亭中石碑上，供人阅读和欣赏，留下了"欧文苏字"、珠联璧合的稀世瑰宝。

别　滁[1]

花光浓烂[2]柳轻明[3]，酌酒花前送我行。

我亦且[4]如常日醉，莫教弦管作离声[5]。

◎注释

① 别滁：告别滁州。滁州：简称滁，位于安徽省东部，苏皖交汇地区。

② 浓烂：形容鲜花灿烂。

③ 轻明：一作“轻盈”。形容柳叶细长嫩绿。

④ 且：一作“只”，只当。

⑤ 离声：指别离歌曲。

◎译文

春光烂漫百花争艳，柳色青青新叶儿鲜艳，
人们在花坛前安排酒宴，热情地为我送行。
我也和往常一样同大家开怀畅饮至醉方休，
还请不要让管弦奏出令人感伤的离别哀曲。

◎创作背景

欧阳修于宋仁宗庆历五年（1045 年）八月贬为滁州知州，在滁州做了两年多的地方官。庆历八年（1048 年），改任扬州知州，在即将启程赴任时，众人为其饯行，这首《别滁》诗就是当时所作。

◎赏析

这首诗以绚丽的春光衬托热烈的送别场面，特意将宴席摆在花前，如同往日赏花饮酒般，看似平常的宴饮，内里却蕴含着惜别的深情，表达了作者想要故作旷达自慰且慰人的心理。

“花光浓烂柳轻明”，写景，点明别滁的时间是在光景融融的春天。这里与作者在夷陵所写的另一首《戏答元珍》诗“春风疑不到天涯，二月山城未见花”不同，而是花光浓烂，柳丝轻明。不仅写出了别滁的节候特征，也为全诗定下了舒坦开朗的基调。

“酌酒花前送我行”，叙事，写当地吏民特意为欧阳修饯行。“酌酒花前”，是众宾客宴送知州，与《醉翁亭记》的知州宴众宾正好相反；这天还有丝竹助兴，气氛显得热烈隆重。它虽不同于以往投壶下棋、觥筹交错的游宴之乐，但同样写出了官民同乐和滁州民众对这位贤知州离任的一片深情。

“我亦且如常日醉”，饯行时当地父老向他所表示的真挚友好的感情，使诗人的内心久久不能平静：两年多的贬谪生活即将过去，滁州的山山水水，吏民的热情叙别，使他百感交集。“且”写出了诗人与众宾客一起开怀畅饮时的神情意态和他的内心活动，把矛盾、激动的心情以坦然自若的语言含蓄地表达了出来。

“莫教弦管作离声”，用的是反衬手法，在这种饯别宴上作为助兴而奏的音乐，是作者平时爱听的曲调。但因离愁伤心，所以越是悦耳的曲调，内心就越感到难受。“莫教”发人思索，使诗意余韵不尽。

这首诗与一般叙写离愁别绪的诗作中所渲染的凄恻离情有明显的不同，它落笔轻快自然，平易流畅，与宋初盛行的刻意追求辞藻华丽，内容却很空虚的“西昆体”诗风形成鲜明对照，开创了一代新的诗风。

宋朝（州府）官职设置

宋太祖为了削弱节度使的权力，防止唐五代时期武人割据的局面重演，武官兵变问题发生，在地方行政区划上基本实行的是两级制，近四百个府、州、军、监为一级，一千两百三十四个县为一级。府为体制较尊的地区，比如首都、陪都等；军一般是军事重镇或要冲；监设在主要的工矿牧盐等重要物资产区。在少数民族地区，继承了唐朝的羁縻制度，也可以算是一定程度上的民族自治。这种把因地制宜的原则运用到行政区划上，在中国历史上还是一个创举。

宋太祖规定诸州刺史得直接向朝廷奏报和接受诏令，节度使不得干预除所驻州之外（所谓支郡）的政务。后来，逐步派遣京朝官（文臣）接替刺史管理州务，称“权知 ×× 州州军事”。“权”表示不是正式职务，只是代理；“知”就是管理的意思；州军事的州代表民政，军代表军政，简称知州。由此，刺史非奉特别诏令不得过问所在州的州务，演化为武臣的迁转之阶，属于横行正使之一。

同时，节度使也很快演化成一种地位崇高的虚衔，成为武臣的最高等级，不再有实际权力与职掌。州也就由隶属藩镇变为隶属以转运使为长官的路，及以留守、知府等为长官的府。知州事是从宋朝开始设立的官制。

赵匡胤立宋初年，鉴于唐末五代的祸患，削州镇之权，“令文臣知州事”，然后，派二品以上的官员充任一州的长官，主要目的也是为了便于皇帝的直接控制。

秋　怀[①]

节物[②]岂不好，秋怀何黯然[③]！

西风酒旗[④]市，细雨菊花天。

感事悲双鬓，包羞[⑤]食万钱。

鹿车[⑥]何日驾，归去颍东[⑦]田。

◎注释

① 秋怀：秋日的思绪情怀。

② 节物：节令风物。

③ 黯然：指情绪低落、心情沮丧的样子。

④ 酒旗：指酒店悬挂于路边用来招揽生意的锦旗。

⑤ 包羞：这里指对所做事感到耻辱不安。

⑥ 鹿车：古代一种用人力推挽的小车。《风俗通义》说因其窄小，仅载得下一鹿，所以称为鹿车。

⑦ 颍东：指颍州（今安徽阜阳）。

◎译文

这个时节的风物有哪里不好呢？
面对这秋色我却不禁难过起来。
市面上酒旗在猎猎西风中招展，
细雨蒙蒙中金色的菊花在怒放。
想到国事家事愁得我双鬓斑白，
领着朝廷万钱俸禄我深感羞耻。
何时我才能驾起鹿车归隐山林，
回到颍东去过躬耕桑田生活呢？

◎创作背景

宋仁宗庆历五年（1045 年）八月，由于“庆历新政”触犯了贵族官僚的利益，因而遭到他们的阻挠最终以失败告终，执政大臣杜衍、范仲淹等相继被斥逐。欧阳修因上书为他们辩护，也被捏造罪名，由河北都转运按察使降知滁州，十月到任。此诗即作于滁州到任后的一个秋天。

◎赏析

这首诗从感念“节物”出发，借景抒怀，表达了作者忧世有心而救时无术，美慕隐居生活而又难以如愿的复杂感情。

“节物岂不好，秋怀何黯然”，说应季节时令而产生的景物难道不好吗？为什么所引起的秋思却这样令人心神沮丧呢？“何”发出疑问，使诗充满悬念。

“西风酒旗市，细雨菊花天”，没有直接回答，却忽然避开，转而花重笔来写节物之好。这种遵循思想的跳跃进行谋篇，后来成为江西诗派诗风的一大特点。不用一个系词，不着半点雕饰，以纯白描的手法，不仅写出了典型的季节风物，也写出了诗人对自然、对生活的热爱之情。语言高度精练，清新自然。

“感事悲双鬓，包羞食万钱”，起到承接作用。诗人幼孤家贫，生性节俭，而今已有丰厚的官俸，因而他的“感事”，显然不是个人生活上的事而是国家大事。所谓“包羞”，即指所作所为于心不安，只感到耻辱。作者一心为国、忧国忧民之情溢于言表。

“鹿车何日驾，归去颍东田”，借用佛教用语，慨然思归。诗人想要归隐山林的念头，表现了对与世浮沉的苟且生活的憎恶。欧阳修《六一居士传》自述，“藏书一万卷，集录三代以来金石遗文一千卷，有琴一张，有棋一局，常置酒一壶……以吾一翁，老于此五物之间”，而号六一居士。参照这一自述，可以清楚看出，作者既有儒家忧世的愤慨，也有道家超然物外之想。

全诗结构灵活，情景均佳。越是赞赏秋景，越显出诗人的愁思，但是这个矛盾，在诗中和谐地统一在一起，虽无华美的辞藻修饰，但爱国深情浓浓地表达了出来，具有很强的艺术感染力。

◎轶闻异物录

百日宰相——杜衍

杜衍（978 年— 1057 年），字世昌，越州山阴（今浙江绍兴）人，北宋名臣。大中祥符元年（1008 年）进士及第，历任扬州观察推官、秘书省著作佐郎、平遥知县，此后在朝廷中枢和四方州军间频繁交替任职，在朝中任御史中丞、刑部侍郎、枢密使等职，庆历四年（1044 年）拜相。杜衍为官一直很有能力，尤其以善于治狱闻名朝野，一生宦海沉浮，退休后竟无屋可居，寓居于驿舍终其一生，令人钦佩不已。

虽在朝廷与各地之间穿梭般调动，职务频繁变换，杜衍始终一身浩然正气，浑身铮铮铁骨，恪尽职守，刚正不阿，清廉如水，赢得吏民的敬畏和赞誉。可以说为官一任，振兴一方，政声满天下。

庆历三年（1043 年）八月，范仲淹向仁宗上《答手诏条陈十事》，提出了以改革吏治为中心的十项改革纲领，轰轰烈烈的庆历新政拉开了序幕。

由于新政触犯了贵族官僚集团的利益，遭到他们的强力阻挠和疯狂反扑，并使尽种种手段在仁宗面前诬陷和诋毁革新派。庆历五年（1045 年）正月，杜衍也被罢相，以尚书左丞出知兖州。杜衍居宰相之位仅一百二十天，史称“百日宰相”。

庆历七年（1047 年）正月，六十九岁的杜衍上疏朝廷，请求退休。从此闲居南京（今河南商丘），住在驿舍十年，直至逝世。

春日西湖[1]寄谢法曹[2]歌

西湖春色归[3]，春水绿于染[4]。
群芳烂不收[5]，东风落如糁[6]（sǎn）。
参军[7]春思乱如云，白发题诗愁送春。
遥知湖上一樽酒，能忆天涯万里人[8]。
万里思春尚有情，忽逢春至客心惊。
雪消门外千山绿，花发江边二月晴。
少年把酒逢春色，今日逢春头已白。
异乡物态与人殊[9]，惟有东风旧相识。

◎注释

①西湖：指许州（今河南许昌市）的西湖。

②谢法曹：谢伯初，字景山，晋江（今属福建）人。宋代州府置录事参军、司理参军、司法参军等属官，统称曹官，谢伯初当时在许州（今河南省许昌）任司法参军，所以称他谢法曹。

③归：归来，指春光到来。

④绿于染：这里指湖水比染过的丝绸还绿。

⑤烂不收：指满地落花，美不胜收。

⑥糁：碎米粒，引申指散粒状的东西，诗中形容飘落的花瓣。

⑦参军：指谢伯初。

⑧天涯万里人：诗人自指。

⑨殊：这里为“陌生”的意思。

◎译文

西湖的春天已经姗姗到来，湖水比染过的丝绸还要绿。
百花争艳的景象美不胜收，花瓣在春风中如米粒飘落。
春色中参军思绪乱如愁云，白发人，最怕题诗送青春。

知道你在湖上已摆好了酒，等待着老朋友来开怀畅饮。
万里之外你捎来一片春情，春天来临我暗暗感到心惊。
冰雪消融，门外千山翠绿，繁花争艳，江边二月多晴。
还记得，少年时迎春畅饮，现如今，春草绿两鬓如丝。
他乡里物态人情各不相同，东风情意，年年难舍难离。

◎创作背景

这首诗作于景祐四年（1037 年）。景祐三年（1036 年）十月，诗人因为支持范仲淹的政治革新和范仲淹对保守派的斗争，写信痛斥保守派谏官高若讷，被贬谪为峡州夷陵令。友人谢伯初从许州寄诗安慰他，他便写了这首诗作答。

◎赏析

这首诗通过赞美西湖景色，表现朋友间的思念之情，抒发了诗人遭受贬谪、览物伤春的落寞情怀。

“西湖春色归，春水绿于染。群芳烂不收，东风落如糁”，诗的前四句写许州西湖春景：春来波绿，群芳烂漫，明媚旖旎，景致醉人。“绿于染”，比染过的布还要绿，生动地突出了湖水的清澈。“落如糁”，将花瓣比喻成米粒，形象地展示了花瓣的形态及落英缤纷的场景。这是以明朗的景色反衬忧苦的心。

“参军春思乱如云，白发题诗愁送春”，由景及人，转写诗友殷勤多情。谢伯初赠诗中有“多情未老已白发，野思到春乱如云”的句子，诗人特别欣赏，所以化用其意，描摹诗人白发多情，寥寥数笔，却十分生动传神。

“遥知湖上一樽酒，能忆天涯万里人”，想象诗友独酌湖上，默默思念远方被贬的自己。读诗至此，才知道前面写景用意并不仅仅在于咏叹西湖的自然风光，更是以美景烘托诗友的美好情谊。句中“天涯万里人”是诗人的自称，暗寓自己被贬夷陵的遭遇，同时将内容巧妙引向自己胸臆的抒发。

“万里思春尚有情，忽逢春至客心惊”，许州、夷陵两地相距遥远，又有山川阻隔，所以诗人对诗友“万里”寄诗，传递春的消息和真挚友情激动不已，但同时因身遭斥逐，心情凄惶，忽睹春景，不禁心头震颤。

“雪消门外千山绿，花发江边二月晴”，通过对雪消退、山重绿等景色的描写展现了时光的不停转换，让人感叹如梭的光阴和稍纵即逝的美好年华。

“少年把酒逢春色，今日逢春头已白”，诗人触景伤怀，蓦然回首，往事犹在眼前却已是鬓发苍苍。通过“少年”与“今日”情景的对比，展现了诗人历经磨难、身心俱疲的心态。

“异乡物态与人殊，惟有东风旧相识”，描写了诗人在被贬后身处异地他乡的孤苦生活。“惟有”“旧相识”，深刻表达了诗人对以前朋友的怀念。

全诗以“万里思春尚有情”一句为界分为两部分，前部分写西湖景色及朋友相念之情，实际上是含蓄地表达了对友人寄诗安慰自己这一情意的感激；后部分通过对夷陵春天景物的描绘，抒写自己异乡逢春的新鲜见闻和苦闷心情，感情真挚动人。

◎轶闻异物录

谢伯初

谢伯初，字景山，泉州晋江人，宋仁宗天圣二年(1024年)，登进士甲科，任许州(今河南许昌)法曹。

那时候科学技术的进步，思想文化的活跃，以及朝廷优礼文士的政策，都为文学艺术的发展准备了条件。谢伯初擅长诗歌创作，在当时很有名气，有《谢景山集》传世。虽然伯初前期诗作重于形式技巧，然而他默认蔡襄“道为文之本，文为道之用”的文学主张，后期诗作受到其重大影响。

早在天圣七年(1029年)，二十三岁的欧阳修来到京师汴梁(今河南开封)，认识了已是进士的谢伯初，他们一见如故，相见恨晚，同游京城，诗兴不尽。

第二年，欧阳修荣选为甲科进士。景佑元年(1034年)，欧阳修通过学士院考核，升为馆阁校勘(负责校核宫廷图籍的文学侍从官)。景佑三年(1036年)五月，北宋统治集团内部展开了一场激烈的斗争。欧阳修为支持范仲淹革除弊端，得罪权贵，被逐出朝廷，贬为夷陵(今湖北宜昌)县令。当时夷陵属于下县小邑，倚山临江，地僻而贫，欧阳修从仲夏出发，初冬才到达夷陵，历时五个多月。在欧阳修落魄的时候，谢伯初通过寄送自己的诗词来安慰他，让欧阳修格外感动。欧阳修在晚年仍念念不忘伯初，说伯初“皆无愧于唐诸贤而仕宦不偶，终以困穷而卒。其诗今已不见于世，其家亦流落不知所在，其寄予诗逮今三十五年矣，予犹能诵之。盖其人不幸既可哀，其诗沦弃亦可惜”。可见伯初虽官居许州法曹，然而他正直无私，刚正不阿，在官场上被排挤，最终在穷困潦倒中走完他生命旅程的最后一步。

晚泊岳阳[1]

卧闻岳阳城里钟，系舟岳阳城下树。

正见空江[2]明月来，云水苍茫[3]失江路[4]。

夜深江月弄清辉[5]，水上人歌月下归；

一阕[6]（què）声长听不尽，轻舟短楫[7]去如飞。

◎注释

①岳阳：古称巴陵，又名岳州，位于湖南洞庭湖之滨。
②空江：空旷开阔的湖面。
③苍茫：旷远迷茫的样子。
④失江路：意谓江水苍茫，看不清江上行船的去路。
⑤清辉：指皎洁的月光。
⑥阕：停止，这里指乐曲终止。
⑦短楫：亦作“短檝”。指小船桨。

◎译文

躺在船上静静地听着岳阳城里的钟声，
索性把小船系在岳阳城外不远的树上。
望着辽阔的江面上，明月缓缓地升起，
朦朦胧胧的夜色中云水相连苍茫一片。
夜深时，江面上的月光格外皎洁明亮，
船夫们唱着歌，乘着清朗的月色回家。
歌声在空中回响着，一声更比一声长，
他们驾轻舟、荡短桨，飞快消失而去。

◎创作背景

宋仁宗景祐三年（1036年）五月，欧阳修因疏救范仲淹被贬为峡州夷陵（今湖北宜昌）县令，欧阳修携家人沿水路前往贬所，溯江而上，于九月初四夜泊岳阳城外的洞庭湖口，月下难眠，写下这首七言《晚泊岳阳》。

◎赏析

全诗以景寓情，描绘出一幅清丽明快的洞庭夜景图，又巧妙地让情景相悖，含蓄地表达了自己的失意之慨。

“卧闻岳阳城里钟，系舟岳阳城下树”，先用倒装句写出，因“系舟岳阳城下树”,才有“卧闻岳阳城里钟”的意境,“卧”展示了作者悠然自得的姿态。忽闻“钟声”，这“钟声”令诗人无法再闲卧孤舟，那么诗人就自然地以“岳阳城下树”作为圆点，移动目光，从上下、左右把握舟系城外的佳景，通过听觉的远闻、近闻，视觉的远观、近观，从左右远近俯仰的转向，为下面描写周围景色作铺垫。

“正见空江明月来，云水苍茫失江路”，描摹岳阳城外的月光水色。“空江”广阔暗淡的江面引发了诗人的点点哀愁，用江面的广来衬托诗人内心的空;“失江路”既是对江上情境的描写，亦是对自己被贬的失意，内心迷茫，不知路在何方的疑问和叹惋。

“夜深江月弄清辉，水上人歌月下归”，这里将月亮拟人化，显得生动有趣。“月下归”，渔人唱着歌在月色中回家，将渔人轻松愉快的心情与自己做对比，表现了诗人远离故乡的落寞。

“一阕声长听不尽，轻舟短楫去如飞”，勾画了诗人被触动的心绪，伴着舟子的歌声，诗人寂寞的旅程获得一丝心灵的慰藉，陶醉于清辉江月及水上歌声之中。但是，由于轻舟短楫，疾去如飞，这一阕歌声还没听完，就已经远逝了，岳阳城外的一切又归于宁静。诗人运用交错的声色描绘，以江

面的歌声听不尽和轻舟疾行如飞的动态意象，给读者留下绵绵不尽的情思。

此诗写旅中思归，深藏不露；只是句句写景，然景中自有缕缕情思。交错呼应，在实景的摹写中灵动地寄寓诗人旷达、孤寂的矛盾心情，读来余味无穷。

◎轶闻异物录

岳　阳

岳阳古称巴陵，又名岳州，是一座历史悠久的文化古城，是楚湘文化的重要发源地，早在二十万年前就已经出现人类活动。距今九千年前就有先民在这里繁衍生息，用石制器具创造远古文明。夏、商时岳阳为三苗之地，春秋属楚，战国时，为楚之黔中郡。秦时东属长沙郡，西属南郡、黔中郡。南朝宋元嘉十六年（439 年）置巴陵郡。1913 年废府设湖南省第一行政督察区，并改巴陵县为岳阳县。1960 年 1 月，以岳阳县城关镇建立岳阳县，1975 年恢复岳阳市，实行县市分治。1983 年 7 月，岳阳市改为省辖市。

岳阳历史悠久，名胜古迹甚多，旅游资源丰富，周围景点以岳阳十景最为著名，即洞庭浮黛（君山岛），名楼仰哲（岳阳楼），南湖泛舟（南湖），金鹗叠翠（金鄂山），云山探幽（云山），五尖竞秀（五尖山），玉笥吟骚（屈子祠），团湖采莲（团湖），古村遗韵（张谷英村），诗圣留踪（杜甫墓）。

宿云梦馆[①]

北雁[②]来时岁欲昏[③]，私书[④]归梦杳[⑤]难分。

井桐叶落池荷尽，一夜西窗雨不闻。

◎注释

①云梦馆：似指古云梦地区某客馆。云梦：古云梦泽地域相当广大，大致包括今湖南益阳县湘阴县以北，湖北江陵县安陆县以南、武汉以西地区。此处可能指云梦县，即湖北安陆。

②北雁：候鸟之一，因其每年秋分后由北南飞故称北雁。

③岁欲昏：即岁欲暮之意。指一年将尽。

④私书：这里指家书。

⑤杳：隐约。

◎译文

鸿雁南飞时，预示着这一年又将结束，

妻子的书信勾起我梦里归家难分真假。

院里梧桐叶已落，池塘里荷花已凋谢，

下了一夜的秋雨未能惊扰梦境中的我。

◎创作背景

这首诗作于宋仁宗景祐三年（1036年），主张新政的范仲淹被贬谪，司谏高若讷不断攻击，欧阳修“贻书责之，谓其不复知人间有羞耻事”，因此被贬为夷陵（今湖北宜昌）县令。这批呼吁新政的人士当时被斥为朋党，一时无人再敢言事，这时，欧阳修又挺身而出，写了《朋党论》进呈仁宗，认为君子有朋党，小人则无，呼吁君主应毫无疑忌地任用君子之朋党。此后，又上书要求改革吏治，但遭到守旧派的极力阻挠。诗人在前往贬谪之地夷陵时，途经湖北安陆（古云梦地区），独宿客馆，思亲而作此诗。

◎赏析

诗中通过对北燕家书与梦归故乡的描写，表达了诗人对妻子的思念之情。

“北雁来时岁欲昏”，首句点明在秋季，也暗点思归之情。“北雁”南来，是写眼前情景，但古有鸿雁传书之说，所以下句接以“私书”，表示接到了妻子的信，一语双关。年关将近，正是在外之人盼与家人团圆的时节，而诗人却远离故乡，赶往外地，这引起了他的悠悠愁绪。

“私书归梦杳难分”，是对思归之情的具体刻画。欧阳修与妻子伉俪情深，他在去贬之地夷陵时，夫妻难舍难分，离别后，书信不断，梦寐以思，正所谓心有所思，夜有所梦，是真是幻，连诗人自己都分不清了。“杳难分”三字，逼真地显示了诗人梦归后将醒未醒的神态与感受。

“井桐叶落池荷尽”，描绘了桐树、荷花的落败景象，“尽”并不是真的已全部凋零，只是诗人身在此而心在家乡，情与景交融，诗人眼中自然一片凄凉。

“一夜西窗雨不闻”，诗人用“不闻”夜雨声，连起首句的梦境，又化用了李商隐“何当共剪西窗烛，却话巴山夜雨时”的诗句，巧妙地表达了思念家人、盼望回家与妻相守的思想情感。

整首诗以景抒情，以梦写思，感情自然流露，虽然运用了李商隐的诗意，但能运用巧妙，不着痕迹，既亲切自然，又增添了诗的内涵，让人过目不忘。

云梦泽

云梦泽，又称云梦大泽，是对我国湖北省江汉平原上的古代湖泊群的总称。

在先秦时云梦泽这一湖群的范围周长约四百五十公里，后因长江和汉水带来的泥沙不断沉积，汉江三角洲不断伸展，使得云梦泽范围逐渐减小；魏晋南北朝时期已缩小一半，唐宋时解体为星罗棋布的小湖群。此后有的小湖逐渐淤平，有的则有扩展，洪湖就是在清中叶以后迅速扩展成的大湖。如今，云梦泽古代湖泊群，已渐渐消退为一些相互分离的湖泊。

据《左传》《国语》以及司马相如的《子虚赋》记载，先秦时期楚国有一名为“云梦”的楚王狩猎区，地域相当广阔，东部在今武汉以东的大别山麓和幕阜山麓以至长江江岸一带，西部至今宜昌、宜都一线以东，包括江南的松滋、公安县一带，北面大致到今随州市、钟祥、京山一带，南面以长江为边缘。其中有山林、川泽等各种地理形态，并有一名为“云梦泽”的湖泊。

“云梦泽”因“云梦”而得名。春秋时，梦在楚方言中为“湖泽”之意，由于长江泥沙沉积，云梦泽分为南北两部分，长江以北成为沼泽地带，长江以南还保持着浩瀚的水面，称为洞庭湖。洞庭湖古称也为云梦。

自菩提步月归广化寺

春岩[1]瀑泉响[2]，夜久[3]山已寂。

明月净松林[4]，千峰[5]同一色。

◎注释

①春岩：春天的岩石。
②响：拟声词，指瀑布哗哗的响声。
③夜久：夜深。
④净松林：松林如洗。净：显得干净。
⑤千峰：形容山多。

◎译文

春天岩石上的瀑布哗哗作响，
深夜的群山回归于寂寥之中。
明月的光照让松林愈显干净，
远远看去群峰如同一个颜色。

◎创作背景

本诗约作于宋仁宗景祐元年（1034年）后，那时的欧阳修不再是洛阳那个享受青春的少年，他开始担负起社会责任，并且未经历仕途坎坷。此诗为作者情志高远时所作。

◎赏析

这首诗为我们描画了广化寺春天的幽美夜景，字里行间透着一派空灵、缥缈与宁静，令人心驰神往，而此时作者正独处于青山中，远离尘世的喧嚣，享受着大自然的馈赠，其内心的安宁与舒畅溢于言表。

“春岩瀑泉响，夜久山已寂”，诗的开篇，描写了夜深人静时，瀑布倾流而下的情景，“夜久”说明此时夜已深，四处一片静谧，岩石上的瀑布清泉仿佛是划破夜幕的一道利剑，格外入耳。作者用“响”与“寂”，一动一静相结合，从视觉与听觉上给读者展现了深夜静寂而美丽的景色。

“明月净松林，千峰同一色”，“净”字完美体现了月光的明亮皎洁。“净松林”说明月儿的照耀让整个松林都显得特别干净。月光不比日光，即使再明亮也不能看得真切，所以作者放眼望去，仿佛千山万树都是一种颜色。

全诗以作者的视线转移为线索，把瀑布、群山、松林联系在一起，对众多景点进行恰当的详略取舍，有的浓墨重彩，有的一笔带过，而月光的加入，更为这寂寥的夜色增添了不少情趣，是一首融情于景的佳作。

◎轶闻异物录

广化寺

南山广化寺，又称莆田广化寺，位于福建省莆田市城南三公里处的凤凰山麓（别称南山）。创建于南朝陈永定二年(558年)，开山祖师是金仙禅师，因此初称“金仙院”。唐景云二年(711年)，寺院住持志彦被睿宗李旦召请进宫讲解《四分律》，大受赞赏，赐号“聪明禅师”。志彦禅师遂将隋时天台宗无际禅师持诵《妙法莲华经》的感应寺涌出一股清泉的灵异之事上奏，李旦大悦，赐号为“灵岩寺”，并命书法家柳公权书匾，悬挂于寺门之上。至此，灵岩寺名扬天下，被称为闽中一大丛林。

宋朝时，凤凰山佛教寺院盛极一时，在当地官员的护持下，共兴建了二寺、十院、百二十庵，住众僧尼千余人。宋太平兴国元年(976年)，宋太宗赐额广化寺，并修缮殿宇，使之“檐楹相摩，轩宇层出”。元至正间(1341年—1368年)，寺遭火灾而毁。明洪武、永乐年间(1368年—1424年)，僧慧广、源彻等相继营建，使其逐渐恢复当年盛况。弘治年间(1488年—1505年)，著名学者黄仲昭来游，赋诗云："风景无端拥寺门，望中山色几重分。泉声满室长疑雨，树影当窗半是云。一派禅房依涧转，数声清磬隔林闻。灵岩一百二十寺，多少楼台锁夕曛。"万历八年(1580年)住持慧广、智潜募建法堂，十六年(1588年)住持云章、圆材主持修复溪声阁和大雄宝殿，三十九年(1611年)住持法果建山门，翌年，住持真一与法果建藏经阁、巢云楼和香积厨。

清康熙二年(1663年)，二胜和尚增建法堂。清康熙三十一年(1692年)，镇守福建兴化、泉州等处的总兵王万祥捐资进行全面修建，历时四载始竣，并将旧法海寺和小南山庵归入寺内。光绪三十三年(1907年)本如和尚建大悲阁。前此一年，善和和尚发愿赴京请藏经，途经厦门而圆寂。本如和尚继其遗志晋京，于宣统二年(1910年)奉御颁《龙藏》七千余卷归山。随后本如和尚往南洋怡保募造藏经楼，于法堂之上加层增建，至1923年落成。1926年藏经阁落成。

和王介甫[1]明妃[2]曲二首

其一

胡人[3]以鞍马为家，射猎为俗。

泉甘草美无常处，鸟惊兽骇争驰逐。

谁将汉女嫁胡儿，风沙无情貌如玉。

身行不遇中国[4]人，马上自作思归曲。

推手为琵却手琶，胡人共听亦咨嗟[5]（zī jiē）。

玉颜流落死天涯，琵琶却传来汉家。

汉宫争按新声谱[6]，遗恨已深声更苦。

纤纤[7]（xiān）女手生洞房[8]，学得琵琶不下堂。

不识黄云[9]出塞路，岂知此声能断肠[10]。

其二

汉宫有佳人，天子初未识，

一朝随汉使，远嫁单于国[11]。

绝色天下无，一失难再得，

虽能杀画工[12]，于事竟何益？

耳目所及尚如此，万里安能制夷狄[13]（yí dí）！

汉计诚已拙，女色难自夸。

明妃去时泪，洒向枝上花。

狂风日暮起，飘泊落谁家。

红颜胜人多薄命，莫怨东风当自嗟[14]。

◎注释

① 王介甫：王安石（1021 年— 1086 年），字介甫，号半山，宋抚州临川（今江西抚州）人。这组诗是为唱和王安石《明妃曲二首》而作。

② 明妃：王昭君，名嫱，字昭君，西汉南郡秭归（今湖北省宜昌市兴山县）人。晋朝时为避司马昭讳，又称明妃、王明君。

③ 胡人：原指长城以北的游牧族群。秦汉时期塞北胡人统一后被汉人称为匈奴，后来胡人一词则被用来作为对北方和西方的外族人的泛称。

④ 中国：指中原地区。

⑤ 咨嗟：叹息。

⑥ 新声谱：新曲谱，指昭君所弹的琵琶曲。

⑦ 纤纤：指女子的手小巧或细长柔美。

⑧ 洞房：深邃的内室。指深闺。

⑨ 黄云：沙漠边塞上的云，因黄沙弥漫，连云色也变黄了。

⑩ 断肠：形容悲伤到极点。

⑪ 单于国：指匈奴。单于：匈奴的首领。

⑫ 杀画工：古代宫女进宫后都要由画工画画像，呈给皇上，由皇上挑选，传说汉元帝时宫中画师名叫毛延寿，宫女为了让他把自己画得美一点从而得到皇帝的宠幸都贿赂他，只有王昭君因为貌美不屑于行贿，毛延寿在画画像时就把王昭君画得十分丑，导致王昭君在宫里被冷落。后来匈奴派人来请求和亲，王昭君自请和亲，和亲那天汉元帝才见到王昭君，惊为天人，但是王昭君已经要去和亲了，又不能重新把她收入后宫。由于毛延寿的贪婪使汉元帝损失了这样的美女，汉元帝一气之下就斩杀了画工毛延寿。

⑬ 夷狄：古称东方部族为夷，北方部族为狄。这里泛指华夏以外的各民族。

⑭ 自嗟：自己哀伤，嗟：叹息。

◎译文

其一

北方的游牧民族自古以来就以鞍马为家，靠骑射打猎为生。

泉水甘甜，牧草富饶，没有固定居住点，
鸟儿被惊得四飞，野兽也吓得四散逃窜。
是谁将汉家的女子嫁到遥远的塞外之地，
风沙尘起无情，而女子却如此娇艳动人。
在遥远的塞外出门很难得遇到中原之人，
只能在马背上用歌曲表达对家乡的思念。
琵琶随着指尖拨动传出婉转哀伤的乐声，
就连胡人听了都不禁为她感到伤心难过。
让如此美丽的女子流落异地，客死他乡，
她那充满哀怨的琵琶曲却传到了汉宫里。
汉宫里的人争先恐后地演奏昭君的歌曲，
她们却并不知道歌曲中的哀怨来自何由。
柔美细嫩的一双小手是长在闺房中的手，
只能学会弹奏琵琶曲，却不会走出闺房。
哪里知道人像云一样在沙漠中飘的滋味，
又怎么能够理解得了曲中那极度的悲伤。

其二

汉宫里曾有位绝色佳人，刚开始天子并不知道她。
突然有一天她要随汉使，嫁到遥远的塞外匈奴去。
绝美的容颜天下无人比，一旦失去汉宫再难拥有。
虽然天子能够怒杀画工，但对事情能弥补什么呢？
眼前的美丑尚不能辨别，怎能制服万里外的夷狄！
汉王的计策实在是笨拙，女子不要再以美貌为傲。
明妃离去时悲伤而泪落，她的泪水洒落在花枝上。
狂风又在黄昏时分吹起，风起花落，会飘向哪里？
美丽的女子多命运坎坷，不必怨天尤人独自叹息！

◎创作背景

自汉代以来，王昭君的故事一直是诗人们乐于吟诵的题材，但在主题上大多不出“悲怨”二字。其中著名的如卢照邻《昭君怨》、李白《王昭君》、杜甫《咏怀古迹五首》等都以渲染和挖掘悲剧内涵取胜。嘉祐四年（1059年）王安石作《明妃曲二首》，议论新颖，被称为是咏王昭君“最好”的诗。于是欧阳修也作两首来和。

◎赏析

其一是通过昭君远嫁，因思乡而作曲，后来传到汉宫变成宫人消遣之乐，表现了作者对昭君的同情和对统治者追求享乐生活的批判。其二是描写昭君从被选入宫到远嫁胡人的过程，借汉言宋，有强烈的现实意义。

“胡人以鞍马为家，射猎为俗。泉甘草美无常处，鸟惊兽骇争驰逐”，破空而来，用类似散文的诗语，写胡人的游猎生活，暗示胡人与汉人的生活差异。为下面描写昭君出塞作铺垫。

“谁将汉女嫁胡儿，风沙无情貌如玉。身行不遇中国人，马上自作思归曲”，诗人借“思归曲”抒发自己的慨叹。“谁”指汉元帝刘奭（shì），作者以古讽今，饱含对统治者以和亲来获取安宁而不思进取的愤慨。以娇美的容颜去风沙漫天的塞外，周围罕见故乡人，展现了“明妃”在塞外寂寞流离的生活，也说明了“思归曲”的由来。

“推手为琵却手琶，胡人共听亦咨嗟。玉颜流落死天涯，琵琶却传来汉家。汉宫争按新声谱，遗恨已深声更苦”，“玉颜”句承上；“琵琶”句启下。脉络十分清晰，而笔势极为矫健。作者所要讲的就是琵琶“传入汉家”以后的反应，连胡人听了都难过不已的“思乡曲”，本应引起“汉家”的悲悯、同情与愤慨，然而“汉宫”中却将其视为“新声谱”来“争按”，昭君流落在外的“遗恨”“苦声”并没有激起应有的反响。以别人的苦楚，供自己享乐，揭露了“汉家”的麻木。

“纤纤女手生洞房，学得琵琶不下堂。不识黄云出塞路，岂知此声能断肠”,汉宫中足不出户的“纤纤女手”学习琵琶，正是因为统治者喜好这种“新声”的缘故；而喜好这种“新声”，正是因为他们“生于深宫之中”，生活奢靡，只知享乐，根本不知道边塞之苦。更由此延伸，抒发胸臆。自石晋割弃燕云十六州，北边广大地区在北宋一直没有恢复，有许许多多“流落死天涯”的百姓。仁宗时，辽国、西夏交替侵扰，而宋朝君臣却仍粉饰大平，宴安如故。这正是作者对居安忘危、不思振作的宋朝君臣的揭露与谴责。

“汉宫有佳人，天子初未识，一朝随汉使，远嫁单于国”，此四句化用西汉李延年诗歌之意，略叙明妃事实，笔力简劲。“初未识”，因为汉王不知由此绝色才会远嫁塞外，亦为下文杀画工作铺垫。

“绝色天下无，一失难再得，虽能杀画工，于事竟何益”，借批判汉王抒发己见，抨击无能的统治者。“绝色”完全用“重色”的君王口吻说话。“虽能”两句转向责备汉元帝，就事论事，语挟风霜。

“耳目所及尚如此，万里安能制夷狄！汉计诚已拙，女色难自夸”，表面是说汉朝，实际上是在说宋朝。“耳目”，是全篇的警策之语，切中膏肓。诗人说，眼前的美丑尚不能辨,万里之外的“夷狄”情况何以判断？又何以制定制服“夷狄”的策略呢？这是极深刻的历史见解，而其出自诗文，自古少见。“汉计诚已拙”语简意深，是全诗主旨所在，指出汉代的“和亲”与宋代的“岁币”,同是不断让步,乞求和平,妙在一经点出，便立即转入“女色难自夸”，以接回明妃身上。

“明妃去时泪，洒向枝上花。狂风日暮起，飘泊落谁家”，用泪洒花枝，风起花落，渲染悲剧气氛，形象又生动。

“红颜胜人多薄命，莫怨东风当自嗟”，这两句要明妃“自嗟”“薄命”，怨而不怒。欧阳修对王安石诗中讲的“人生失意无南北”“汉恩自浅胡自深”等语，也像王回等人一样，有所误解，虽然对言论有所不满，但态度却温和委婉，即所谓“温柔敦厚”，而不是直接和激烈的抨击。欧阳修、王安石思想境界的差别，也于此可见。

前一首写“汉宫”不知边塞苦，后一首写和亲政策的“计拙”，借汉言宋，有强烈的现实意义。但整篇点到即止，句短意长，读来余味无穷。在欧阳修之前，也有写明妃的人，或写明妃个人遭遇，但多是借以抒发“士不遇”的感慨，欧阳修却从夷夏之辨讲起，从国家大事着眼，而且，议论国事，却只就琵琶“新声”而言，能从小中见大，艺术性更强。

◎轶闻异物录

昭君出塞

王昭君，即王嫱，字昭君，原为汉宫宫女。西汉在汉宣帝当皇帝的时候，国力强盛。那时北方的匈奴由于内部相互争斗，越来越衰落，最后分裂为五个单于势力。其中有一个单于，名叫呼韩邪，称藩归附汉朝并亲来长安朝觐汉宣帝。汉宣帝死后，元帝即位，呼韩邪于公元前 33 年再次入朝，自请为婿。元帝同意了，决定挑选一个宫女当公主嫁给呼韩邪单于。

后宫里有很多从民间选来的宫女，整天被关在皇宫里，很想出宫，但却不愿意嫁到匈奴去。管事的大臣很着急。这时，有一个宫女主动请求出塞。她名叫王嫱，又叫昭君，长得十分美丽，又很有见识。管事的大臣听到王昭君肯去，急忙上报元帝。元帝就吩咐大臣选择吉日，让呼韩邪和昭君在长安成了亲。单于得到了这样年轻美丽的妻子，又高兴又激动。临回匈奴前，王昭君向汉元帝告别的时候，汉元帝看到她美丽端庄的样子，很是喜欢，想将她留下，但已经晚了。据说元帝回宫后，越想越懊恼，自己后宫有这样的美女，为什么没发现呢？他叫人从宫女的画像中再拿出昭君的画像来看，才知道画像上的昭君远不如本人美丽。为什么会画成这样呢？原来宫女进宫时，一般都不是由皇帝直接挑选，而是由画工画了像，送给皇帝看，来决定是否入选。当时的画工毛延寿给宫女画像，宫女们要送给他礼物，这样他就会把人画得很美。王昭君对这种贪污勒索的行为不满意，不愿送礼物，所以毛延寿就没把王昭君的美貌如实地画出来。知道原委后，元帝极为恼怒，惩办了毛延寿。王昭君在汉朝和匈奴官员的护送下，骑着马，离开了长安。她冒着塞外刺骨的寒风，千里迢迢地来到匈奴地域，做了呼韩邪单于的妻子。她到匈奴后，被封为“宁胡阏氏”（阏氏，音焉支，意思是“王后”），象征她将给匈奴带来和平、安宁和兴旺。

时间久了，昭君也慢慢地习惯了匈奴的生活，和匈奴人相处得很好，并把中原的文化传给匈奴。昭君死后葬在大青山，匈奴人民为她修了坟墓，并奉为神仙。昭君墓即青冢。后为避司马昭之讳，昭君改称王明君。

梦中作

夜凉吹笛千山[1]月，路暗迷人百种花。

棋罢不知人换世[2]，酒阑[3]无奈客[4]思家。

◎注释

①千山：形容山多。

②“棋罢”句：引用典故，典出自《浪迹丛谈·三谈》卷一《观弈轩杂录》说有人入山中看到两个神仙下棋便站在一旁观看，等看完棋回到家发现已经过了几世了。

③酒阑：指酒筵将尽。

④客：梦中的自己。

◎译文

夜色清凉，笛声呜咽，月光笼罩着山林。

昏暗的小路旁长满各种花草，十分迷人。

下完一局棋，发现这人间竟已换了世道。

酒尽席散，依然解不开我深深的思乡情。

◎创作背景

此诗作于宋仁宗皇祐元年（1049年），诗人因支持范仲淹主张的庆历新政而被贬谪到颍州（今安徽阜阳）。后回朝，先后任翰林学士、史馆修撰等职。此诗为诗人记述梦中所见所感而创作。

◎赏析

在诗中，诗人为我们描述了自己在梦中见到的画面和感受，表现了自己想要忘却世间烦恼，沉迷梦中自在，却又无法做到的矛盾心理。

“夜凉吹笛千山月，路暗迷人百种花”，首句写静夜景色。从“凉”“月”等字中可知时间大约是在秋天。作者在夜凉如水、万籁俱寂中吹笛，体现当时周围环境的幽远寂静。“千山月”三字，意境空阔，给人一种苍茫通透的感觉。次句刻画的却是另一种情境。“路暗”，说明时间也是在夜晚，“百种花”，则将节令换成了百花争艳的春天。季节的交替，景色的变换，让梦境充满了神秘感，正符合梦中情景。

“棋罢不知人换世，酒阑无奈客思家”，借传说故事暗喻世事变迁。梦中花好月好，有棋有酒，不问世事变换，诗人想要沉醉于梦中世界，但又对人间充满留恋。与苏轼《水调歌头》所说的“我欲乘风归去，又恐琼楼玉宇，高处不胜寒”，意境相似。

全诗至结尾，寓意就逐渐明朗了。诗人的抑郁恍惚，与他当时政治上的不得志有关。作此诗时欧阳修还在颍州，尚未被朝廷重用，所以借梦境来抒发自己的情感。它的妙处是没有把这种感慨直接说出。这种意在言外的手法，要仔细体察才能明其究竟。

◎轶闻异物录

柳宗元

柳宗元(773 年— 819 年),字子厚,河东(现山西运城永济一带)人,唐宋八大家之一,唐代文学家、哲学家、散文家和思想家,世称“柳河东”“河东先生”,因官终柳州刺史,又称“柳柳州”。柳宗元与韩愈并称“韩柳”,与刘禹锡并称“刘柳”,与王维、孟浩然、韦应物并称“王孟韦柳”。

柳宗元一生留下诗文作品达六百余篇，其文的成就大于诗。骈文有近百篇，散文说理性强，笔锋犀利，讽刺辛辣。游记写景状物，多所寄托，有《河东先生集》，代表作有《溪居》《江雪》《渔翁》等。

礼部[1]贡院[2]阅进士就试

紫殿[3]焚香暖吹[4]轻，广庭清晓席[5]群英。

无哗战士衔枚[6]勇，下笔春蚕食叶声。

乡里[7]献贤[8]先德行，朝廷列爵[9]待公卿[10]。

自惭衰病[11]心神耗[12]，赖[13]有群公[14]识鉴[15]精。

◎注释

①礼部：礼部是中国古代官署之一。北魏时期建立，隋朝以后为中央行政机构六部之一，掌管五礼的仪制及学校贡举之法。

②贡院：指古代学子的科举考场。

③紫殿：一作“紫案”，指京都贡院。

④暖吹：暖风，指春风。

⑤席：这里指列坐。

⑥衔枚：古代行军时口中衔着枚，以防出声，让敌人发觉。此处比喻考场学子极其肃静。

⑦乡里：郡县。古代两级行政单位，大体相当于今天的省与县。

⑧献贤：推举人才。

⑨列爵：分颁爵位。此处代指官职。

⑩公卿：“三公九卿”的简称，这里指执政大臣。

⑪衰病：衰弱抱病。

⑫耗：无，尽。

⑬赖：幸亏。

⑭群公：指同时主持考试者如范仲淹、王安石、梅尧臣等人。

⑮识鉴：一作“鉴裁”，又作“择鉴”。这里指能赏识和选拔人才。

◎译文

贡院考场上点燃了檀香，春天的柔风又暖又轻，

天刚亮时，宽广的庭院已入座了众多贤能之士。

考场里的学子如同口中衔枚的士兵，肃穆安静。
只听笔在纸上沙沙作响，像春蚕食桑叶的声音。
郡县里向京都推举贤才，最重视的是品德操行，
朝廷中分等授予官职，依赖的是这些执政大臣。
只是我很惭愧啊，如今年老体衰多病心神已尽，
幸亏还有这么多贤臣能够为国甄选出优秀人才。

◎创作背景

此诗作于宋仁宗嘉祐四年（1059年）。欧阳修时任礼部贡举的主考官，以翰林学士身份主持进士考试，提倡平实文风，为国家选拔人才。此次考试，作者见人才济济，喜不自禁，而作此诗。

◎赏析

宋初的考试制度，大致承袭唐代，由郡县举荐考生，入京应试。本诗中诗人通过自己主考官的身份，对当时情况进行描写，表达了自己监考时的见闻和感受。

“紫殿焚香暖吹轻，广庭清晓席群英”，从首联可知，考试时间是在初春时节。“暖吹”，连风都是温暖柔和的，表现了诗人心情极为轻快。“清晓”，天刚亮考场就已满座，体现了学子们对考试的重视，渴望通过科举实现自己理想抱负的心情。

“无哗战士衔枚勇，下笔春蚕食叶声”，诗人用禁声行军的士兵做比喻，表现了考场的安静，又用春蚕食叶描绘了学子们的答题情况。

“乡里献贤先德行，朝廷列爵待公卿”，描写了作者对考场上人才济济，尽是天下英才的欣慰和感慨。“先德行”，地方的举荐必须先看贤德再看能力，表现了当时社会对道德品行的看重。“待公卿”，体现了国家对科举考试选拔人才的重视。

“自惭衰病心神耗，赖有群公识鉴精”，诗人说自己身体衰弱、心力不济为谦逊之辞。以此嘱托同僚，作为选拔人才的考官，应当认真鉴别，慧眼识珠。透露出诗人不与争功、谦虚之态，以及惜才爱才要为国家选出真才的责任感和使命感。

在封建社会时期，科举考试是国家鉴别人才的重要手段之一，因此每到科举考试时期，总是人山人海。本诗确切而生动地写出了这种景象，表达了诗人对人才选拔的重视，以及对士人能发挥才智报效国家的殷切期盼。

◎轶闻异物录

江南贡院

江南贡院位于南京市秦淮区夫子庙学宫东侧，又称南京贡院、建康贡院，是中国历史上规模最大、影响最广的科举考场，中国南方地区开科取士之地，也是夫子庙地区三大古建筑群之一、夫子庙秦淮风光带重要组成部分。江南贡院始建于宋乾道四年（1168 年），经历代修缮扩建，在明清时期达到鼎盛，清同治年间，仅考试号舍就有两万零六百四十四间，可接纳两万多名考生同时考试，加上附属建筑数百间，占地超过三十余万平方米。其规模之大、占地之广居中国各省贡院之首，创中国古代科举考场之最。

清光绪三十一年（1905 年），袁世凯、张之洞奏请立停科举，以便推广学堂，咸趋实学。从此江南贡院便结束了它的使命。

1918 年，江南贡院大部分被拆除，只保留了明远楼、至公堂、衡鉴堂及少量号舍。1919 年，贡院被拆除，除留下贡院内的明远楼、衡鉴堂和一部分号舍作为历史文物外，余下部分全部拆除，辟为市场。1927 年，国民革命军第二、第六军占领南京后，南京工人在中国共产党的领导下，在明远楼成立了南京市总工会。6 月 1 日，南京市政府成立后，明远楼成为市政府大门的门楼。

唐崇徽公主[①]手痕[②]和韩内翰[③]

故乡飞鸟尚啁啾[④]（zhōu jiū），何况悲笳[⑤]（jiā）出塞愁。
青冢[⑥]（zhǒng）埋魂知不返，翠崖遗迹[⑦]为谁留。
玉颜[⑧]自古为身累，肉食何人[⑨]与国谋。
行路至今空叹息，岩花涧草自春秋。

◎注释

①崇徽公主：唐代宗时期与回纥和亲的公主。

②手痕：手印物体上的痕迹。这里指崇徽公主手痕碑。相传公主嫁回纥时，路过灵石（今山西灵石县），用手掌托石壁，而留下手迹，后世称为手痕碑。

③韩内翰：韩绛。内翰：唐宋时期称翰林为内翰。

④啁啾：鸟鸣声。

⑤笳：胡笳，一种乐器。因其声悲咽亦称悲笳。

⑥青冢：传说王昭君之墓长年长满青草，故名“青冢”。这里用来代指崇徽公主之墓。

⑦翠崖遗迹：指崇徽公主手痕。

⑧玉颜：指美丽的女子。

⑨肉食何人：指高位厚禄。亦泛指做官的人。

◎译文

身在故乡的鸟儿啊尚且在鸣叫不止，
更何况伴着悲笳声远嫁塞外的公主。
明知道此去青冢孤魂再也不能返还，
青山崖边的手痕又是为谁而留的呢。
美貌的女子自古以来易被容貌牵累，
身居高位的有几人能真正为国谋虑。
沿途经过的人们只能轻声为之叹息，
像山溪边的花草一年一度自生自长。

◎创作背景

这首诗作于宋仁宗嘉祐四年（1059年），欧阳修以翰林学士身份兼龙图阁学士权知开封府。当时的统治者荒于边防军事的管理，以致边境地区时常受到东北部契丹和西北部西夏的不断侵扰，欧阳修屡次上书选将练兵，巩固边防，却不被采纳。他为统治者的苟且偷安、忍辱求和而感到愤慨和无奈。在这种悲愤的情境中，诗人借古生情，结合民间传说，创作了这首诗。

◎赏析

这首诗描写了崇徽公主远嫁塞外，无法重回故土的悲情故事。不仅表达了诗人对公主的同情和怜惜，而且将其向政治上延伸，来启发人们通过对这些女子的命运的思考，激起对身居高位却不为国远谋的肉食者的愤慨。

“故乡飞鸟尚啁啾，何况悲笳出塞愁”，诗人用故乡的鸟儿和远嫁的公主作对比，充满了对公主的怜悯。

“青冢埋魂知不返，翠崖遗迹为谁留”，诗人从怀古回到了现实，反用了杜甫咏王昭君的“环佩空归月夜魂”（见《咏怀古迹》）诗意而用了一个“魂”字，展现了公主明知此去无归期，却依然在灵石留下手痕的凄凉场景。更深一步讲，诗人通过公主联系到自己，明知自己的革新政策不会被统治者采纳，却依然屡次上书请求改革以改变北宋受外敌欺凌的局面。

“玉颜自古为身累，肉食何人与国谋”，诗人悲愤地发起议论：自古以来，多少豆蔻年华的少女成为当时政治的牺牲品，而那些身居高位享受厚禄的当官者有多少是真正为国家为百姓而深谋远虑的呢？诗人的问题尖锐犀利，揭发了统治者只知一味求和，却没有长远的谋略，更深一步反映了当时国家兴衰的本质原因。

“行路至今空叹息，岩花涧草自春秋”，诗人以花草和行路人作对比，以无情衬有情，感叹那些为了民族利益而献身的女子，如同岩花涧草，无人理会，只能像野草一样，自生自灭。“空叹息”既表达了诗人对公主命运的感叹，又表达了自己空有一腔热血，却无法改变时局的无可奈何。“自春秋”感叹和亲女子的命运令人同情惋惜，别有一番韵致。

在感情上，诗人从怜惜到愤慨再到一声轻叹；在时间上，则两度由古及今做大幅度的跳跃，使诗情波澜起伏，格局不断得到延伸，引人深思。

◎轶闻异物录

崇徽公主

崇徽公主，唐朝和亲公主之一，姓仆固氏，唐朝著名将领仆固怀恩的女儿。在这之前，仆固氏的两个姐姐就先后远嫁回纥（回鹘）和亲。其中一位姐姐嫁给了牟羽可汗（登里可汗）移地健，被册为“光亲可敦”。光亲可敦在768年病死，移地健指名要仆固怀恩的女儿做妻子，于是唐代宗又将仆固怀恩的幼女封为“崇徽公主”，于769年嫁给登里可汗。

公元779年，登里可汗欲入侵唐朝，被宰相顿莫贺达干杀死，顿莫贺达干即是长寿天亲可汗，又称为“天亲可汗”。此后崇徽公主在回纥的事迹史料再无记载。人们只知道唐德宗在贞元四年(788年)十月，将自己的第八女咸安公主嫁给了长寿天亲可汗。据此推测，最迟在788年崇徽公主已经去世，否则她就应该按照回纥的收继婚制，继续嫁给长寿天亲可汗为后妃，唐朝也就不会再把咸安公主出嫁回纥了。

崇徽公主嫁给移地健之后生有一个女儿，被称为“少可敦叶公主”或“叶公主”。790年三月，叶公主将忠贞可汗毒死。崇徽公主的兄弟中，后来有的成为回纥的叶护（一个部落中的分部首领）。

初出真州[①]泛大江[②]作

孤舟日日去无穷，行色苍茫杳霭[③]（yǎo ǎi）中。

山浦[④]转帆迷向背，夜江看斗[⑤]辨西东。

滮[⑥]（biāo）田渐下云间鴈[⑦]，霜日初丹水上枫。

莼菜鲈鱼方有味，远来犹[⑧]喜及秋风。

◎注释

①真州：宋代州名，即今江苏仪征。

②大江：这里指长江。

③杳霭：远处的云气。杳：远得看不见踪影。

④山浦：指山麓近水处。

⑤斗：指北斗七星。

⑥滮：水流动时候的样子。

⑦鴈：雁。

⑧犹：还，又。

◎译文

一叶孤舟每天都在大江中往往来来穿梭不停，

行色匆匆的小舟，时常被远处的云雾笼罩着。

行到靠近水边的山脚下，又将船帆调转过来，

夜晚，只能依靠观看天上的北斗星辨别方向。

有流水的田野，是云间大雁喜欢栖息的地方，

刚经历几场秋霜，岸上的枫叶就映红了水面。

只有用家乡的莼菜炖出来的鲈鱼味道才鲜美，

远游归来，我还是更喜欢这里的秋色和秋风。

◎创作背景

宋仁宗景祐三年（1036年）五月间，欧阳修被贬官出京。离

京后，欧阳修从水路出发，七月中旬到达真州，住了十多天，然后乘船沿着大江西上，路过真州江面时，有感而发，创作了这首诗。

◎赏析

这首诗描写了长江江面上的秋天景色，路途上景色的幽远，表达出诗人遭贬时期内心的孤独和苦闷，但又似乎在大自然中寻找到了他的精神慰藉。

“孤舟日日去无穷，行色苍茫杳霭中”，诗的开篇便直抒胸臆，描写了诗人的孤独无助和对世事沧桑的无奈与苦闷。“孤舟”表明作者心中有着浓重的孤独感。“无穷”“苍茫”“杳霭”等词语的使用，体现出诗人此去路途的幽远，以及作者心中对自己前途命运的担忧和迷惘。

“山浦转帆迷向背，夜江看斗辨西东”，诗人表面是在写看着天上的北斗星寻找方向，实则是在表达自己心中对被贬出京的强烈不满和对时局的迷茫；同时，也是诗人思想闪光点的强烈表现。“山浦转帆”字面上是在描写自己的孤舟，在前进的途中到达一个悬崖陡壁的地方，远方已经不能去了，只能调转自己的行驶方向，实则是暗喻自己的人生遇到了挫折，仕途上出现了阻碍。“迷向背”并非真正意义上的迷路，而是思想上的迷路，是诗人自己内心深处的痛苦流露和对前途迷惘的表达。“夜江”说明自己现在就像是暗夜中行驶在浩浩荡荡的江面上的一叶孤舟，不知道该往哪个方向行驶，而且暗喻着自己随时都有被暗夜中的江水吞噬的危险。“看斗辨西东”说明诗人并没有彻底绝望，他还是在努力地寻找着能够指引自己前进的光，这是诗人骨子里的一种自强不息精神的表现，也是诗人最为高贵的品质所在。

“滮田渐下云间鴈，霜日初丹水上枫”，通过对飞落的大雁、初红的枫叶等乐景的描写表现出诗人的心情逐渐变得开朗起来。其中“云间鴈”“水上枫”，用词工整流畅，画面感十足，诗中美景犹如近在眼前。

“莼菜鲈鱼方有味，远来犹喜及秋风”，诗人通过运用“莼鲈之思”的典故，来表明自己已放下忧思，在家乡的秋风中找到了另一种生活的乐趣。

整首诗表现作者由忧伤到豁达的思想转折，写得平易流畅，纡徐不迫。

◎轶闻异物录

真　州

真州，汉代为冲积沙洲，名白沙洲。唐时名叫白沙镇。五代吴顺义四年改为迎鉴镇。宋乾德二年（964 年）“升迎鉴镇为建安军”，始“筑城一千一百六十丈”。宋大中祥符六年（1013 年）升建安军为真州。

真州历史悠久，据史料记载，最早的人类文明史，可以追溯到四五千年前。因为漕运的发达，唐宋时即为华夏著名的工商和园林城。

宋崇宁年间 (1102 年—1107 年)，永和庵复建，初名报恩光孝禅寺，政和年间改为天宁禅寺。塔以寺名，称为天宁寺塔或天宁塔。从那时起，塔与寺经历了若干劫难。宋南渡后，真州迭经战火，寺塔俱焚。明洪武初年重建。据载，天宁寺塔塔身为正八面仿楼阁形建筑，每层外部有木结构回廊。塔体内部为四方形，有梯可达各层。

清康熙二十三年 (1684 年) 又遭火焚。清同治年间，曾有盐商出资四十万两白银，重修天宁寺、塔，但是由于布局上的原因，寺庙厨房的一场大火，殃及全寺。历经两次大火，塔的楼梯、回廊、飞檐尽毁，但是塔身一直屹立至今。

黄溪[①]夜泊[②]

楚人[③]自古登临[④]恨，暂到[⑤]愁肠已九回。

万树苍烟[⑥]三峡暗，满川明月[⑦]一猿哀。

殊乡[⑧]况复惊残岁[⑨]，慰客[⑩]偏宜把酒杯[⑪]。

行见江山且吟咏[⑫]，不因迁谪[⑬]岂能来。

◎注释

①黄溪：溪名。源头在湖南省永州市阳明山。

②泊：停泊，这里指停船靠岸。

③楚人：楚国人。楚：战国时的大国，为七雄之一，据有今湘、鄂、皖、江、浙诸省之域。

④登临：登高望远，这里指游览自然风景。

⑤暂到：刚到，乍到。暂：始、初。

⑥万树苍烟：茂盛的林木被青烟笼罩着。万：形容其多。苍烟：指青烟。

⑦满川明月：明月的清辉照映着整个原野。川：平野、平地。

⑧殊乡：一作“非乡”，指异域，他乡。

⑨残岁：残年，岁暮，指一年将尽的时候。

⑩慰客：相当于“迁客”。慰：安慰。

⑪把酒杯：端着酒杯。把：端，举。

⑫吟咏：这里指创作诗歌。后用为歌咏或作诗的意思。

⑬迁谪：这里指被贬谪到外地。

◎译文

楚国人自古以来喜登高望远，欣赏美景，排解心中的忧愁。我才刚到这里已觉得心中愁肠百结，痛苦萦绕，不能自已。郁郁青青的树木，经久不散的青烟，让三峡显得十分暗淡。清冷的月光流淌在空旷的原野上，深山中传来猿猴的哀鸣。

我独自在这异地他乡居住，况且年关将至，怎不让人心惊。
这个时候，只能端起酒杯，开怀畅饮才能安慰落寞的灵魂。
闲来漫步在这三峡岸边，看着青山绿水，自然要高声吟诵。
想来，如果不是外放至此，我也欣赏不到如此醉人的美景。

◎创作背景

北宋仁宗景祐四年（1037年），范仲淹上章批评时政，被贬饶州。欧阳修为他辩护，被贬为夷陵（今湖北宜昌）县令。此诗就是欧阳修在去夷陵途中所作。

◎赏析

作者通过对三峡两岸风景的描写，表达自己无辜被贬的压抑和浓浓的思乡之情。反映了诗人在对现实无能为力的情况下，只能自我开解、寄情山水的无奈。

“楚人自古登临恨，暂到愁肠已九回”，作者因为贬谪之苦，而联想到屈原。“暂到”此地愁肠就“已九回”，作者通过“暂”与“已”的使用，深刻地表达了自己理想抱负不能实现的痛苦。

“万树苍烟三峡暗，满川明月一猿哀”，作者眼中的三峡万树被青烟缭绕，一片灰暗。借景抒情，暗指自己无法看清未来的方向，内心充满了迷茫。猿猴的哀鸣亦是自己内心的呐喊。

“殊乡况复惊残岁，慰客偏宜把酒杯”，在这异地他乡又恰逢年关，愁上加愁，苦上加苦，只能借酒消愁自我安慰。作者的思乡之情溢于言表。

“行见江山且吟咏，不因迁谪岂能来”，作者情绪陡然一转，于解嘲中放达，不再作那儿女情长的伤心之语，而是将悲情化为临风吟咏。

整首诗气象阔大，意绪苍凉，借景抒情，于解嘲中放达，字里行间透露着非常人能比的豪迈和豁达。

◎轶闻异物录

屈　原

屈原（前342年—前278年），名平，字原。生卒年未见正史记载，史学界尚有争论。是中国最早的浪漫主义诗人，楚武王熊通的儿子屈瑕的后代，中国文学史上第一位留下姓名的伟大的爱国诗人。他被世人称为“诗歌之父”。他的出现，标志着中国诗歌进入了一个由集体歌唱到个人独唱的新时代。

前342年，屈原诞生于楚都丹阳。屈原自幼勤奋好学，胸怀大志。早年受楚怀王信任，任左徒、三闾大夫，常与怀王商议国事，参与法律的制定，主张章明法度，举贤任能，改革政治，联齐抗秦，提倡“美政”。由于修订法规的时候，刚直不阿，不与上官大夫同流合污，而受到上官大夫靳尚和楚怀王的宠妃郑袖等人的排挤。他们受了秦国使者张仪的贿赂，阻止怀王接受屈原的意见，并使怀王逐渐疏远屈原。前305年，屈原反对楚怀王与秦国订立黄棘之盟，楚怀王不仅不听还将屈原逐出郢都。屈原遭流放后，楚怀王在子兰等人的极力怂恿下被秦国诱去，囚死于秦国。

楚襄王即位后，屈原继续受到迫害，并被放逐到江南。“沧浪之水清兮，可以濯吾缨；沧浪之水浊兮，可以濯吾足。”屈原被放逐后，在和渔父的一次对话中，渔父劝他“与世推移”，不要“深思高举”，自找苦吃。屈原表示宁可投江而死，也不能使清白之身，蒙受世俗之尘埃。屈原和渔父的谈话，既表现出了两种不同的处世哲学，也表现了屈原对楚国的一片赤子之心。

前278年，秦国攻破了楚国国都郢都。当年五月初五日，屈原在绝望和悲愤之下怀抱大石投汨罗江而死。老百姓听到噩耗很悲痛，有人用苇叶包了糯米饭，投进江中祭祀屈原。这种祭祀活动一年一年流传下来，渐渐成为一种风俗。端午节吃粽子的习俗，就是因此而来的。

夜夜曲[①]

浮云[②]吐明月，流影[③]玉阶阴。

千里虽共照，安[④]知夜夜心？

◎注释

①夜夜曲：属乐府杂曲歌辞，多为描写深闺怨女的情思。
②浮云：指空中飘浮变幻的云彩。
③流影：形容月光清澈流动。
④安：怎能。

◎译文

薄雾样的云彩在空中流动，时而遮住明月时而四散开，
清冷的月光透过树荫映在石阶，随云的舒卷缓缓移动。
你我远隔千里无法相见，只有一轮明月照耀着你和我，
这天上的明月又怎么能知道我日日夜夜思念你的心呢？

◎创作背景

宋仁宗时期，欧阳修作为北宋诗文革新运动的领袖，反对浮艳诗风，主张诗歌要写实。在本首诗中他把诗词与“百事”联系，为我们描绘了一幅那个时期女子因与情人相隔千里而由景生情的画面。

◎赏析

这首诗描写了一个独处深闺的女子，在月明星稀的静夜中，遥望着明月，思念自己的爱人。

“浮云吐明月，流影玉阶阴”，作者通过对浮云、月影、石阶等景色的描写，为整首诗构造了一种静谧的氛围。在这

里作者运用了“烘云托月法”，以写云彩来表现月亮，云写得越好，月亮也就越有神采。“吐明月”，作者以一个“吐”字把云遮月又散开的场景清晰地展现在读者眼前，让人恍如身临其境。“流影”将浮云与月光的流动结合起来，使月色下的景色格外灵动、微妙。

“千里虽共照，安知夜夜心”，写的都是在明月的共同照耀下，远隔万里的人儿彼此心意相通。但是，在这里作者却笔锋一转，翻过一层，说明月照着你和我，却不懂得我想念你的心情，言下深意是远在千里的那个他能知道我的心意吗？“夜夜心”更把思念之情加深了一层，夜复一夜，隐约透出月下人的几分怨来。写望月怀人的诗词有很多，如苏轼的《水调歌头》，但是，欧阳修这首望月怀人诗与苏轼的“但愿人长久，千里共婵娟”，在意境上有相似之处，在情感上却有较大的差别，因为，欧阳修的诗句较多的是悲的成分。

整首诗，语言清新明快，作者从上而下，从变化的云端到月下的人，从殷切的想念到情不自禁的嗔怪幽怨，内容更加丰富，使人物远隔千里不能相见的情感更加深入人心。

◎轶闻异物录

烘云托月法

烘云托月法，原指一种画月亮的手法，后比喻从侧面加以点染以烘托所描绘的事物，出自元王实甫《西厢记》第一本第一折金圣叹批：“而先写张生者，所谓画家烘云托月之秘法。”指对作品所描写的主要对象不做正面刻画，而通过描写周围的人物和环境，对这些事物的渲染、描绘来烘托物象，不仅使物象鲜明突出，有层次感，还可以创造出一种“韵外之音”，激发读者的艺术想象，给人以内涵深邃、回味无穷之感。

这种写法也叫衬托，主要立足于所描绘的物象与周围事物的联系。

醉翁亭记

环滁[1](chú)皆[2]山也。其[3]西南诸峰[4]，林壑[5]尤[6]美。望之蔚然[7]而深秀[8]者，琅琊也[9]。山[10]行六七里，渐闻水声潺(chán)潺[11]而泻[12]出于两峰之间者，酿泉[13]也。峰回路转[14]，有亭翼然[15]临[16]于[17]泉上者，醉翁亭也。作[18]亭者谁？山之僧智仙也。名[19]之者谁？太守自谓[20]也。太守与客来饮于此，饮少辄[21](zhé)醉，而年又最高[22]，故[23]自号[24]曰[25]醉翁也。醉翁之意[26]不在酒，在乎[27]山水之间也。山水之乐，得[28]之心而寓[29]之酒也。

若夫[30](fú)日出而林霏[31]开[32]，云归[33]而岩穴[34]暝[35](míng)，晦明[36]变化者，山间之朝暮[37]也。野芳[38]发[39]而幽香，佳木秀[40]而繁阴[41]，风霜高洁，水落而石出者[42]，山间之四时[43]也。朝而往，暮而归，四时之景不同，而乐亦无穷也。

至于[44]负者[45]歌于途，行者休于树[46]，前者呼，后者应，伛偻[47](yǔ lǚ)提携[48]，往来而不绝者，滁人游也。临[49]溪而渔[50]，溪深而鱼肥。酿泉为酒，泉香而酒洌[51](liè)；山肴[52]野蔌[53](sù)，杂然[54]而前陈[55]者，太守宴也。宴酣[56]之乐，非丝非竹[57]，射[58]者中，弈[59]者胜，觥(gōng)筹交错[60]，起坐而喧哗者，众宾欢也。苍颜[61]白发，颓然[62]乎其间者，太守醉也。

已而[63]夕阳在山，人影散乱，太守归[64]而宾客从[65]也。树林阴翳[66](yì)，鸣声上下[67]，游人去而禽鸟乐也。然而禽

鸟知山林之乐，而不知人之乐；人知从太守游而乐，而不知太守之乐其乐㊽也。醉能同其乐，醒能述以文者㊾，太守也。太守谓㊿谁？庐陵[71]欧阳修也。

◎注释

①环滁：指环绕着滁州城。环：围绕，环绕。滁：指滁州，今安徽省东部。

②皆：副词，这里引申为“都”“全”。

③其：代词，它，这里指滁州城。

④诸峰：每座山峰。诸：各，每个的意思。

⑤林壑：指树林和山谷。

⑥尤：格外，特别。

⑦蔚然：草木茂盛的样子。

⑧深秀：指山色幽深秀丽。

⑨琅琊也：琅琊山。也：用作助词，在句末表示判断或肯定语气的意思。

⑩山：名词作状语，沿着山路。

⑪潺潺：指流水声。

⑫泻：指水流急而快。

⑬酿泉：泉的名字。原名玻璃泉，在琅琊山醉翁亭下，因水清可以酿酒，而得此名。

⑭峰回路转：山势回环，路也跟着拐弯。形容滁州山水路径曲折复杂。后比喻事情经历挫折失败后，出现新的转机。回：回环，曲折环绕。

⑮翼然：四角翘起，像鸟张开翅膀的样子。然：……的样子。

⑯临：挨着，靠近。

⑰于：在。

⑱作：建造。

⑲名：名词作动词，命名。

⑳自谓：自称，这里指用自己的别号来命名。

㉑辄：就，总是。

㉒年又最高：年纪又是最大的。

㉓故：因而，指原因。

㉔自号：指自己给自己起的一个别号。号：是名词作动词使用，

取别号的意思。

㉕ 曰：这里的意思是叫作。

㉖ 意：这里指情趣。“醉翁之意不在酒”，后来用以比喻本意不在此而另有目的。

㉗ 乎：相当于“于”。

㉘ 得：领会。

㉙ 寓：寄托。

㉚ 夫：语气助词，无实意，多用于句首。

㉛ 林霏：指树林中的雾气。霏：原指雨、雾纷飞，此处指雾气。

㉜ 开：消散，散开。

㉝ 归：聚拢。

㉞ 岩穴：山洞，山谷。

㉟ 暝：昏暗。

㊱ 晦明：指天气阴晴昏暗。

㊲ 朝暮：清晨和夜晚。

㊳ 芳：花草发出的香味，这里用作名词，引申为“花”。

㊴ 发：开放。

㊵ 秀：原指植物开花结出实。这里有繁荣滋长的意思。

㊶ 繁阴：形容树木十分浓密，形成了一片树荫。

㊷ 水落而石出者：原指一种自然景象，引申为事情终于真相大白。

㊸ 四时：指四季。

㊹ 至于：连词，用在句首，表示两段的过渡，提起另外一事。

㊺ 负者：背着东西的人。

㊻ 休于树：倒装句，“于树休”，指在树下休息。

㊼ 伛偻：腰背弯曲的样子，这里指老年人。

㊽ 提携：小孩子被大人领着走，这里指小孩子。

㊾ 临：来到。

㊿ 渔：捕鱼。

51 洌：清澈。

52 山肴：用从山野捕获的鸟兽做成的菜。

53 野蔌：野菜。蔌：菜蔬的总称。

54 杂然：杂乱的样子。

55 陈：摆开，陈列。

56 酣：尽情地喝酒。

⑰ 非丝非竹：不是音乐。丝：弦乐器的代称。竹：管乐器的代称。

⑱ 射：这里指一种投壶的游戏，古人宴饮时，把箭向壶里投，投中多的为胜，投中少的人照规定的杯数罚喝酒。

⑲ 弈：这里用作动词，指下棋。

⑳ 觥筹交错：酒杯和酒筹交互错杂。觥：酒杯。筹：行酒令的筹码，古代一种计算用具，用来记饮酒数。

㉑ 苍颜：容颜苍老。

㉒ 颓然：原意是精神不振的样子，这里是醉醺醺的样子。

㉓ 已而：随后，不久。

㉔ 归：返回，回家。

㉕ 从：随行，跟随。

㉖ 阴翳：形容枝叶茂密成荫。翳：遮盖。

㉗ 鸣声上下：意思是到处都有鸟鸣声。上下：这里指高处和低处的树林。

㉘ 乐其乐：意思是乐他所乐的事情。前一个乐字的意思是以……为乐。后一个乐字指乐事。

㉙ 醒能述以文者：指醒来之后，能够用文章记述这件事的人。

㉚ 谓：为，是。

㉛ 庐陵：古郡名，庐陵郡，宋代称吉州，在今江西省吉安市。欧阳修先辈是庐陵的望族。

◎译文

滁州城被周围的青山所环绕，在它西南方向有连绵起伏的山峰，那里的树林和山谷格外秀美。远远望去一片青绿，看起来既幽深又美丽的地方，就是琅琊山。我们沿着山路走了六七里，渐渐听到潺潺的流水声，从两峰之间飞流而下的就是酿泉了。山峰迂回道路蜿蜒，有个亭子像鸟张开翅膀一样建立在酿泉上，那就是醉翁亭了。亭子的建造者是谁呢？是山中的僧人智仙。给亭子命名的是谁呢？是太守用他自己的别号给取名的。太守与宾客来这里饮酒，饮一点就醉，而年纪又最大，所以给自己取了个别号叫作醉翁。醉翁的乐趣不在饮酒上，在于这山清水秀的意境之中。欣赏山水的最大乐趣，是愉悦自己的心，是一种只可意会的快乐，领会在心中，寄托在酒上。

如果是在太阳出来的时候，林间中的云雾逐渐散开，烟云聚拢使山谷变得幽暗，阴暗明亮不断变化的，是山间早晨与傍晚的景象。林中野花盛开，散发着迷人的幽香，秀丽的树木枝叶繁茂形成绿荫，天高气爽，霜色洁白，冬天的溪水不断退落，石头露出水面，这是山间的四季。我迎着朝阳而来，踏着晚霞而归，四季景色不停变化，来这游玩的乐趣也无穷无尽。

还有在途中唱着歌负重前行的人，走累了靠在树边休息的人，前面的人呼喊着，后面的人应答着，弯着腰往前走的老人，由大人领着走的小孩，这来来往往络绎不绝的景象是滁州人在游玩。站在溪边捕鱼，溪水深鱼儿肥美。取酿泉中的水来酿酒，泉水香甜，美酒甘洌。山中的野味野菜杂乱地摆在前面，那是太守在宴请宾客。宴席中的乐趣，不是弹琴奏乐；投壶的人射中了，下棋的人赢了，举酒互饮，杯盏交错，时起时坐，大声喧哗，宾客们玩得十分开怀。那位容颜苍老，满头白发，醉醺醺坐在宾客间的，便是喝醉了的太守。

不久，太阳已落到远处的山上，山间的人影渐渐稀少，看上去有些散乱，太守回去了宾客们也跟着太守一起往回走。树林中枝繁叶茂，到处都是鸟儿的鸣叫声，游人散去山中鸟儿感到开心。然而鸟儿只知道山间的快乐，却不知道游人的乐趣；游人只知道跟着太守游玩很快乐，却不知道太守因他们快乐而感到快乐。喝醉了能同他们一起喜乐开怀，酒醒后能够写文记叙的，就只有太守了。这个太守是谁呀？当然是庐陵的欧阳修啊。

◎创作背景

《醉翁亭记》作于宋仁宗庆历五年（1045年），当时正值范仲淹等推行改革失败，一批改革官员纷纷被贬到扬州，被人称作朋党。这种事其他的官员避之不及，而欧阳修却写下《朋党论》讽刺保守派，后来又因被人诬告私通外孙女张氏，身败名裂被贬低到滁州任太守。

欧阳修到任滁州后，并未因贬谪而消沉，他积极宽简政治，发展生产，让滁州百姓都能安居乐业，年丰物阜。政治上的失意在这里得到宽慰。所以《醉翁亭记》就是欧阳修在滁州宴饮宾客后，有感而发的作品，可以说是一分忧伤，一分欢欣，只是把忧伤藏到了心底而已。

◎赏析

这篇散文写得如诗如画，遣词凝练，音节铿锵，既有图画美，又有音乐美。通过对滁州山水、百姓游玩、太守宴客等描写，反映了滁州地方百姓宁静快乐的生活。全文贯穿一个“乐”字，但是这个“乐”是十分复杂的，对欧阳修来说他的乐既是“山水之乐”“百姓之乐”，更是理想抱负难以实现，只能故作旷达自我开解的“苦中作乐”。

第一自然段，通过对醉翁亭四周环境的描写，来引出后面宴饮游玩的人和事。“环滁皆山也”五字领起，无多赘述，便将滁州的地理环境勾出，点出醉翁亭坐落在群山之中。接着作者将全景移向局部，先写“西南诸峰，林壑尤美”，“尤美”表示醉翁亭坐落在有最美的林壑的西南诸峰之中，将视野集中到景色最美处。紧接着写琅琊山“蔚然而深秀”，“蔚然”表现了树木之多，郁郁葱葱，点山的“秀”，照应上文的“美”。又写酿泉，其名字透出了泉与酒的关系，好泉酿好酒，好酒叫人醉，顺理成章地引出“醉翁亭”，“翼然临于泉上”既写出了亭子的样子，又交代了地理位置：在酿泉之上。到这里作者已经为下文的活动安排了一个美丽的背景。后面自问自答，简述了醉翁亭的来历和名字的由来。“饮少辄醉，而年又最高”，作者说自己喝点酒就醉，年纪也最大，因而称呼自己为“醉翁”，正当四十岁盛年却如此消沉，侧面反映了欧阳修是借山水之乐来排遣谪居生活的苦闷。“醉翁之意不在酒，在乎山水之间也”为全文主旨句，展现了作者把政治失意、仕途坎坷的内心抑郁和苦闷寄情于山水之间，亦想要消融于山水之间的心情。

第二自然段，分别描述了山间一早一晚及四季的不同景色。“若夫日出而林霏开，云归而岩穴暝”，以排偶句的形式向我们展示了朝暮的变化。紧接着描写山中野花幽香，树木青葱，冬霜雨露，短短几句囊括了山间四季变化的特征，让我们更直观地感受到山中四季交替的不同风光。“朝而往”以下四句是小结，早来晚归，作者直接抒发了自己被美景陶醉的欢乐心情。“四时之景不同，而乐亦无穷也”，这是上一段总写“山水之乐”的具体化。这里用对偶句描写，相互映衬，对比鲜明，语句凝练。

第三自然段，描写滁人的游乐和太守的宴饮之乐。此段由景物描写转移到人事上。开头描写前呼后应、络绎不绝的游人，“歌于途”“休于树”等的不同姿态，侧面反映了滁州人太平祥和的生活。而这在太守眼中便多了一层政治清明的味道。接着写太守设宴，众宾宴饮之乐。宴席丰盛而充满野趣，众宾起坐喧哗，射弈对饮，十分尽兴。太守酒酣而醉，此醉是为山水之乐而醉，更是为能与吏民同乐而醉。然而“苍颜白发”“颓然乎其间”又为这醉增加了另一种复杂的情感，那是时光易逝人易老的醉，更是报国无门、无可奈何的醉！

第四自然段写太阳西落，宴会结束、游人归家的情景。作者巧妙地用禽鸟之乐衬托游人之乐，又以游人之乐衬托太守之乐。虽然太守的乐是他们所不能理解的，但是对太守来说民乐宾客乐自己也会感到快乐，这样太守之乐就在众多的烘托下被推到峰巅，显示出主观感受和体验的高人一筹。末尾“醉能同其乐，醒能述以文者，太守也”与“醉翁之意不在酒，在乎山水之间也”前后呼应，点出主题。并与“滁人游”“太守宴”“众宾欢”“太守醉”联成一条抒情的线索，含蓄地表达了作者内心不为人知的苦闷。

《醉翁亭记》的思想意脉是一个“乐”字，“醉”中之乐，它像一根彩线联缀各幅画面。而“醉翁之意不在酒，在乎山水之间也”。放情林木，醉意山水，这是作者的真意。作者就根据这样的“意”写了秀丽的“境”，从而达到情与景的交融、意与境的相谐。作者委婉而含蓄地吐露的苦闷，这对宋仁宗时代的昏暗政治，无疑在客观上是一种揭露，这些自然都闪烁着思想光芒，对后世文人有深远的积极影响。

欧阳修这篇文章除了极具思想性，其艺术手法也是别具一格的，不仅仅意境优美、生趣盎然，而且结构精巧，有曲径通幽的妙趣；在构思上是前有伏笔，后必照应，可谓藏墨于首，显豁于尾；同时，语言出色也是这篇文章的特色之一，可谓凝练、润畅、不矫饰、有乐感。

◎轶闻异物录

庐　陵

庐陵位于中国江西省。吉安市在隋朝称为庐陵郡，故吉安古时又称庐陵。元初取“吉泰民安”之意改称吉安。1914 年庐陵县改称吉安县。

自秦朝建制以来，这里人才辈出，名士荟萃，文化发达，民风淳朴。通行赣语。庐陵具有浓郁地方特色文化，表现形式多种多样。

吉安是举世闻名的革命摇篮井冈山所在地，吉安自古人杰地灵，素有“江南望郡”“金庐陵”“吉州福地”“文章节义之邦”的美誉。

著名景区景点有井冈山、白鹭洲书院、青原山、文天祥纪念馆、吉州窑、庐陵文化生态园等。

秋声赋

欧阳子[1]方[2]夜读书，闻有声自西南来者，悚(sǒng)然[3]而听之，曰："异哉[4]！"初淅沥[5]以[6]萧飒，忽奔腾而砰湃[7]，如波涛夜惊，风雨骤至。其触于物也，鏦鏦(cōng)铮铮[8]，金铁皆鸣；又如赴敌之兵，衔枚[9]疾走，不闻号令，但闻人马之行声。予谓童子："此何声也？汝出视之。"童子曰："星月皎洁，明河[10]在天，四无人声，声在树间。"

余曰："噫嘻悲哉！此秋声也，胡为而来哉？盖夫秋之为状[11]也：其色惨淡[12]，烟霏[13]云敛[14]；其容清明[15]，天高日晶[16]；其气栗冽[17]，砭[18](biān)人肌骨；其意萧条[19]，山川寂寥[20]。故其为声也，凄凄切切，呼号愤发。丰草绿缛[21]而争茂，佳木葱茏而可悦；草拂之而色变，木遭之而叶脱。其所以摧败零落者，乃其一气[22]之余烈[23]。夫秋，刑官[24]也，于时为阴；又兵象也，于行用金，是谓天地之义气，常以肃杀而为心。天之于物，春生秋实，故其在乐也，商声主西方之音，夷则为七月之律。商，伤也，物既老而悲伤；夷，戮也，物过盛而当杀。"

"嗟乎！草木无情，有时[25]飘零。人为动物，惟物之灵；百忧感其心，万事劳其形；有动于中，必摇其精。而况思其力之所不及，忧其智之所不能；宜其渥[26]然丹者为槁木[27]，黟[28](yī)然黑者为星[29]星。奈何以非金石之质，欲与草木而争荣？念谁为之戕贼，亦何恨乎秋声！"

童子莫对，垂头而睡。但闻四壁虫声唧唧，如助予之叹息。

◎注释

①欧阳子：是作者自称。

②方：指正在做某事。

③悚然：惊惧的样子。

④异哉：真奇怪啊。哉：表示感叹，相当于“啊”。

⑤淅沥：形容轻微的声音如风声、雨声、落叶声等。

⑥以：在这里表示并列关系。

⑦砰湃：同“澎湃”，波涛汹涌的声音。

⑧鏦鏦铮铮：金属相击的声音。

⑨衔枚：古时行军或袭击敌军时，让士兵衔枚以防出声。枚：形似竹筷，衔于口中，两端有带，系于脖上。

⑩明河：天河，银河。

⑪秋之为状：秋天所表现出来的意气容貌。状：情状，指下文所说的“其色”“其容”“其气”“其意”等。

⑫惨淡：指凄惨暗淡，黯然无色。

⑬烟霏：烟霭飘散的样子。霏：飘扬，散扬。

⑭云敛：云雾密聚。敛：收，聚。

⑮清明：清澈明朗。

⑯日晶：日光明亮。晶：亮。

⑰栗冽：寒冷。

⑱砭：古代用来治病的石针，这里引用为刺的意思。

⑲萧条：指寂寥冷清的样子。

⑳寂寥：寂静空旷。

㉑绿缛：形容草木繁茂。

㉒一气：指构成天地万物的混然气体。天地万物的变化都是“一气”运行的结果。

㉓余烈：余威。

㉔刑官：执掌刑狱的官。《周礼》把官职与天、地、春、夏、秋、冬相配，称为六官。秋天肃杀万物，所以司寇为秋官，执掌刑法，称刑官。

㉕有时：有固定时限。

㉖渥：红润的脸色。

㉗槁木：干枯的木头。

㉘黟：黑。

㉙星星：鬓发花白的样子。

◎译文

欧阳修夜间正在读书，听到有声音自西南方向传来，心中惊悚不禁细细聆听，听后他惊奇地说："好奇怪啊！"起初像是滴滴答答的雨声中夹杂着风吹树动的萧索声，突然间变得汹涌澎湃，像夜间奔腾的急流忽遇狂风暴雨。碰到物体发出的声音，锵锵作响，好像金属撞击的声音；又像奔赴战场的士兵，衔枚快速奔走，听不到号令，只能听到人马行进的声音。于是我问童子："你出去看一下，这是什么声音。"童子回答说："现在星月灿烂，浩瀚银河，高悬空中，四下里无人言语，那声音是从树林里传来的。"

我不禁感叹："可悲呀，这就是秋的声音，那它为什么来呢？大概是那秋天的样子，它的色调暗淡、烟飞云收；它的形貌清新明净、天空高远、日色明亮；它的气候寒冷、刺人肌骨；它的意境寂寞冷落，没有生气，川流寂静、山林空旷。所以它发出的声音凄凄切切，呼号持续迅猛，不可遏止。丰茂的绿树，肥美的小草，争相辉映，青翠茂盛让人感到愉悦。然而猛烈的秋风一旦刮起，青草开始变色，绿叶开始凋零。它能凋落花草，使树木枯萎的原因，便是一种构成天地万物的混然秋气的余威。秋风是秋季的刑官，它在季节上属于阴；秋天又是兵器和用兵的象征，在五行上属于金。这就是常说的天地之严凝之气，它常常以肃杀为初心。自然对于万物，是要它们在春天生长，在秋天结实，所以，秋天在音乐的五声中又属商声。商声来源于西方，夷则是七月的韵律。商就是'伤'的意思，世间万物都会为衰老而悲伤。夷就是杀戮的意思，所有事物都会在盛极后而转衰。"

"唉，草木为无情之物，常常飘落无依。人虽是动物，却是动物中最有灵性的。百般忧虑在心中煎熬，无数事物劳累身体，只要内心被外物干扰，那他的精神必然会松动。

更何况所思所想的都是自己做不到的，担忧的是自己的智慧无法解决的；自然会使他红润的面色变得苍老枯槁，乌黑的头发变得鬓发花白。既然这样，为什么却要以并非金石的肌体，去像草木那样争一时的荣盛呢？人应该思考是谁伤害了自己，何必去怨这秋声呢。”

童子没有应答，他低着头睡得很沉。只听见四周虫子唧唧的叫声，似乎是在附和我的叹息。

◎创作背景

这首赋作于宋仁宗嘉祐四年（1059年），欧阳修时年五十三岁，以翰林学士身份兼龙图阁学士、权知开封府，虽然身居高位，但面对国家的内忧外患，自己却有心无力，无法改变，满怀报国热忱，却投递无门；他一生想要改革吏治，推陈出新，改变朝廷内忧外患的局面，但却因此被朝中保守派排挤，屡次被贬，身心俱疲，他只好借秋声告诫世人：不要自怨自艾，怨天尤人，而要不断反省，实事求是。这样的苦闷心情令他对秋的变化十分敏感，有感而发，创作了《秋声赋》这一脍炙人口的名篇。

◎赏析

全文以“秋声”为引子，通过对秋声的想象，描写草木被风摧折的情景，并通过草木凋零引申到人类社会，以此表达自己努力摆脱政治上的苦闷、开解自我的愿望。

文章第一段写作者夜读时听到秋声，从而展开了对秋声的描绘。文章开头写欧阳修灯下夜读，点明是在夜间，夜晚是极其安静的状态，所以他能感受到外面的风声。声音的出现以动破静，引起了作者的注意，禁不住去倾听它，从而自然地引出对风声的描绘。接下来，是作者对秋声一连串的比喻，把难以捉摸的东西描绘得具体可感。作者通过由“初”到“忽”，再到“触于物”，写出了由远而近、由小到大、凭虚而来的撞击物体的秋声夜至的动态过程，突出了秋声变化的急剧和来势的猛烈。这也就回答了作者闻声惊惧和感叹的原因。与童子的对话将文章拉回现实，作者对外界声音的惊叹与童子的若无其事、作者的伤感与童子的稚嫩形成鲜明的对比，一个是久经风霜的作者，一个是初出茅庐的童子，两者对秋声的不同感受相映成趣，意味深长。

第二段是对秋声的描绘和对秋气的议论。首先，作者概括了平日观察所得，运用骈偶句式和铺张渲染的赋的传统手法，抓住烟云、天日、寒气、山川等景物，分别就秋的色、容、气、意，描绘出了四幅具有不同特征的秋之鲜明图画。而对秋状的描绘，正是为了烘托秋声的“凄凄切切，呼号愤发”。然后，是对秋气的议论。“丰草”四句，作者把草木在夏天和秋季作对比，通过对比，指出草木之所以摧败零落，是秋气施加强大威力的结果。在此基础上，议论又进一步展开。“夫秋，刑官也”，到这一段结束，作者吸收前人种种说法，又运用骈偶句把秋与官制、阴阳、五行、音律等配属起来，甚至用“伤”解释“商”，用“戮”解释“夷”，极力铺张，突出秋对万物的强大摧残力量，说明万物盛衰的自然之理。这是宇宙生成的哲学思考，写出了秋声中永恒的悲伤，为下文进入本文主题起了铺垫作用。

第三段是全文的题旨所在，作者由感慨自然而转叹人生，百感交集，黯然神伤。这一段，通过无情的草木与万物中最有感情、最有灵性的人的对比，抒发议论。对自然界来说秋气对草木的毁坏力是无穷的，但是对人类社会来说，人事忧劳的伤害，比秋气对植物的摧残更为严重。这就说明了作者的悲伤不是源于秋气，而是自己为国为民操劳却不被统治者理解接纳，忠心报国却遭保守派的迫害，这样的情绪在秋天这一凋零的季节得到释放，于是有感而发，抒发自己的感受。

第四段结束全篇，让自己从悲伤的情绪中回到现实生活之中。童子稚嫩不谙世事，对于作者的情绪起伏根本无所了解，早已沉沉睡去，只有秋虫的和鸣与作者一同叹息。戛然而止的结尾，更衬出作者的感慨与孤独，似乎让这个寂静的深夜，蒙上了无限的哀伤。

全文立意新颖，语言清丽，章法多变，熔写景、抒情、记事、议论于一炉，显示出文赋自由挥洒的韵致。自古以来，有关悲秋的著作很多，但是欧阳修能从新的角度入手，从自然界到人类社会，赋予其更深一层的含意，这样的创新使得文章更加立体，内容更加饱满丰富。且文中注重骈偶铺排以及声律变化，一改往日的空洞辞藻，既部分保留了骈赋律赋的铺陈排比、骈词俪句及设为问答的形式特征，又呈现出活泼流动的散体倾向，且增加了赋体的抒情意味。这样的革新对散文的发展具有重要的意义，对苏轼等人以及后世创作都具有深远的影响。

◎轶闻异物录

宋代提刑官

提刑官是宋代特有的，是“提点刑狱公事”的简称。“提点”就是负责、主管的意思。宋代在“路”（与明清时期的“省”相近）这一级先后分设了转运司、提点刑狱司和提举常平司等机构，从中央派文臣担任转运使、提点刑狱公事即“提刑官”、提举常平公事。这三个机构合称为“监司”，其长官被称为监司官，都负有监察州县地方官的职能。同时，这些监司官又有一定的分工，其中，“提刑官”负责地方刑狱、诉讼。

提刑官是四品官，相当于现在的法官兼检察官。提点刑狱公事是提点刑狱司的长官，由朝廷选派，三年一换。在宋真宗时分出提刑司原隶属转运使管辖。

提刑官的设置有助于加强中央集权，是“路”级的司法机构，主要掌管刑狱之事，并总管所辖州、府、军的刑狱公事，核准死刑等，也有权对本路的其他官员和下属的州、县官员实施监察，从而有效地监督刑狱、诉讼，平反冤案，打击不法官吏，起到了缓和社会矛盾的作用。因为州县官的渎职，胥吏的敲诈勒索，导致案情“虚幻变化，茫不可诘”。“提刑官”是判决的一个重要关卡，他们能否尽职，关乎百姓能否得到公正的判决，冤狱能否得到昭雪。因此宋王朝很重视提刑官的人选，多由曾长期任职于地方、熟悉地方事务的官员担任。

六一居士[①]传

六一居士初谪[②]滁山，自号醉翁。既老而衰且病，将退休于颍水[③]之上，则又更[④]号六一居士。

客有问曰:“六一，何谓也?”居士曰:“吾家藏书一万卷，集录三代[⑤]以来金石遗文[⑥]一千卷，有琴一张，有棋一局，而常置酒一壶。”客曰:“是为五一尔，奈何?”居士曰:“以吾一翁，老于此五物之间，是岂不为六一乎?”客笑曰:“子欲逃名[⑦]者乎?而屡易其号。此庄生[⑧]所诮畏影而走乎日中者[⑨]也;余将见子疾走大喘渴死,而名不得逃也。”居士曰:“吾因知名之不可逃，然亦知夫不必逃也;吾为此名，聊以志[⑩]吾之乐尔。”客曰:“其乐如何?”居士曰:“吾之乐可胜道哉!方其得意于五物也，泰山[⑪]在前而不见，疾雷破柱[⑫]而不惊;虽响九奏[⑬]于洞庭之野，阅大战于涿鹿之原[⑭]，未足喻其乐且适也。然常患不得极吾乐于其间者，世事之为吾累者众也。其大者有二焉，轩裳珪组[⑮]劳[⑯]吾形于外，忧患思虑劳吾心于内，使吾形不病而已悴，心未老而先衰，尚何暇于五物哉?虽然，吾自乞其身[⑰]于朝者三年矣，一日天子恻然哀之，赐其骸骨[⑱]，使得与此五物偕返于田庐，庶几[⑲]偿其夙愿焉。此吾之所以志也。”客复笑曰:“子知轩裳珪组之累其形，而不知五物之累其心乎?”居士曰:“不然。累于彼者已劳矣，又多忧;累于此者既佚[⑳]矣，幸无患。吾其何择哉?”于是与客俱起,握手大笑曰:“置之[㉑],区区不足较也。”

已而叹曰："夫士少而仕，老而休，盖有不待七十[22]者矣。吾素慕之，宜去一也。吾尝用于时[23]矣，而讫无称[24]焉，宜去二也。壮犹如此，今既老且病矣，乃以难强之筋骸，贪过分之荣禄，是将违其素志而自食其言[25]，宜去三也。吾负[26]三宜去，虽无五物，其去宜矣，复何道哉！"

熙宁三年九月七日，六一居士自传。

◎注释

①居士：一般指出家人对在家信道之人的泛称，也是旧时文人雅士的自称，如李白自称青莲居士，苏轼自称东坡居士，唐寅自称六如居士等。这里是欧阳修对自己的称呼。

②初谪：第一次被贬。谪：贬谪，指官吏降职并调往远方就任。

③颍水：颍州（今安徽阜阳市）。欧阳修在此修建房屋，准备退休后住在这里。

④更：改变，更改。

⑤三代：指夏、商、周。

⑥金石遗文：指欧阳修所收集的钟鼎和石刻文字的拓本。欧阳修撰有《集石录》，为我国现存最早的金石著录专著。

⑦逃名：逃避名声而隐居。

⑧庄生：指庄子。

⑨所诮畏影而走乎日中者：语出《庄子·渔父》："人有畏影恶迹而去之走者，举足愈数而迹愈多，走愈疾而影不离身。自以为尚迟，疾走不休，绝力而死。不知处阴以休影，处静以息迹，愚亦甚矣。"诮：讥笑。

⑩志：动词，标记。

⑪泰山：五岳之首，在今山东省境内。这里泛指高山，及一切可以遮挡住目光的东西。

⑫疾雷破柱：意思是心有所专，不受外界事物影响。语出《鹖冠子·天则》："一叶蔽目，不见泰山；两耳塞豆，不闻雷霆。"

⑬九奏：即"九韶"，虞舜时的音乐。此处指优美的音乐。

⑭阅大战于涿鹿之原：指《史记·五帝本纪》记黄帝与蚩尤战于

涿鹿之野，擒杀蚩尤的事。

⑮ 轩裳珪组：分别指古代大臣所乘车驾、所着服饰、所执玉板、所佩印绶，总指官场事物。

⑯ 劳：形容词使动用法，使……劳累。

⑰ 乞其身：请求辞职。

⑱ 赐其骸骨：古代大臣请求辞职的委婉说法。

⑲ 庶几：大概，差不多。

⑳ 佚：安逸，安乐。

㉑ 置之：放在一边。

㉒ 不待七十：古代规定官员七十岁退休，欧阳修写本文时六十四岁，所以用他人不到七十就告老还乡的事例作为自我安慰。

㉓ 用于时：指出仕。

㉔ 无称：没有值得称道的政绩。

㉕ 违其素志而自食其言：违背自己的平生志向而说话不算话。欧阳修早在宋仁宗皇祐元年（1049 年）任颍州知州时，已有归田退休之意。后在《归田录序》中明确表示了“退避荣宠，而优游田亩”的心愿。素志：一向的志向。

㉖ 负：具有。

◎译文

六一居士刚被贬谪到滁州的时候，为自己取名为醉翁。现在年事已高，体衰多病，将要退休回到颍州颐养天年，就又改名为六一居士。

有一位客人问居士：“六一，是什么意思呢？”居士回答说：“我家有藏书一万卷，集录夏商周三代以来金石文字一千卷，有一把琴，有一盘棋，桌边常放一壶酒。”客人问：“这只有五个一，为什么说六一呢？”居士回答：“还有一个年迈的我，将在这五件物品中老去，这难道不是六一吗？”客人笑着说：“您大概是想要躲避名声的人吧，所以才屡次更改自己的名号。这正像庄子所讥讽的那个害怕影子而跑到阳光中去的人；我将会看到您如庄子所说那人般，快速地奔跑，大口地喘息，直至干渴死去，但是却甩脱不掉名声。”

居士说："我本来就知道名声无法逃脱，也知道我根本不用躲避。我取这个名号，只是用来记下我的乐趣而已。"客人问："您的乐趣是什么呢？"居士说："我的乐趣哪能说得尽呢！当自己在这五种物品中得到意趣时，泰山在面前也看不见，迅雷劈破柱子也不惊慌；即使在洞庭湖原野上奏响九韶音乐，在涿鹿大地观看大战役，也不足以形容自己的快乐和舒适。然而我虽在这五物之间却不能从中得到快乐，原因是世事给了我太多忧劳。其中主要的原因有两个，身居官位，那些车马服饰、印绶符信让我身体感到劳累，每日的忧虑则使我内心疲惫，让我未得病却已憔悴，人未老心力已经衰竭，哪里还有心思来享受这五物呢？虽然，我辞官的请求已经提出三年了，但还是希望有一天天子能够动恻隐之心，可怜我年老形衰，能让我携带这五物返回乡野田间，这大概就是我此生的愿望了。这也就是我想要记述我乐趣的原因。" 客人又笑着说："您知道官车、官服、符信、印绶会劳累自己的身体，却不知道这五种物品也会劳累心力吗？"居士说："不是这样的。官场事物让我感到忧愁，又多焦虑。这些物品吸引我，让我感到快乐，又没有别的祸害。我该如何选择呢？"于是同客人起身，握着他的手，大声地笑着说："别再争辩了，这么点小事，不值得如此比较。"

过了一会儿，居士感叹说："读书人从年轻时开始做官，到年老时退休，还有不到七十岁就已经退休的。我向来羡慕他们，这是我辞官的第一个原因。我之前也被朝廷重用过，却没有什么让人称赞的建树，这是我辞官的第二个原因。年轻时就是这样，何况现在年纪大了，身体衰弱，用难以支撑的身体去享受多于此的功名利禄，这将使我违背平生的志愿，这是我辞官的第三个原因。我背负着这三点，即使没有那五件物品，我也是应当离去的，这有什么可以再说的呢！"

熙宁三年九月七日，六一居士自传。

◎创作背景

这篇自传性散文作于宋神宗熙宁三年（1070年）。时年七月，欧阳修由青州知州被贬为蔡州知州，九月到蔡州（今河南汝南县），便自号“六一居士”。早在宋仁宗庆历六年（1046年），欧阳修第一次遭贬时被贬为滁州知州，时年四十岁，所以，在写这篇杂文时，他早就有急流勇退的思想了，主要原因是他与王安石的政见不合，想摆脱官场上的忧劳烦恼，于是他一直请求退休。至蔡州后，过起了清淡的生活，不久创作了这篇文章。

◎赏析

在这篇传记中作者没有具体叙述自己一生的主要经历，而是由自己晚年为什么更名为“六一居士”说起，讲述自己的生活情趣所在，向往读书、鉴赏碑铭、弹琴、下棋、饮酒，表达自己已经厌倦了官场生活，想要在自己喜欢的事物中安度晚年，不再留恋功名的决心。

第一段，介绍自己两个别号的由来。“醉翁”是庆历六年被贬滁州，常在滁山游玩畅饮所得。“六一居士”是熙宁元年准备辞官隐居颍州而取名。

第二段，采用主客间答问形式，借客人的提问，先说明自称六一居士的含义，后表达自己想要隐居的愿望。“子欲逃名者乎？而屡易其号”，就多次改别号而引用庄生典故追问其原因，从回答中可以看出，作者早已看透名声，知逃不过也未躲避。由此引出五物的乐趣，以及其给自己生活带来的影响和安逸的心情。“然常患不得极吾乐于其间者，世事之为吾累者众也”，道出他到目前都未能享受的原因。凡尘俗世的拖累让他心力交瘁，未老先衰，每日生活在忧思焦虑之中。虽递交辞呈已有三年之久却始终未获批准。但是他坚信，朝廷总会给予批准的，那时回到田园享受与五种物品交触之乐的愿望一定能实现。客人又问“子知轩裳珪组之累其形，而不知五物之累其心乎”，作者接着回答，自己一直被官场盛名拖累，不管精神还是形体都已憔悴。与此相比，那五种物品，在一定程度上能给予慰藉，又没有害处，自己当然会选择后者。

第三段，讲述自己辞官的原因。一是如同日出而作、日落而息般，年少时做官、年老时退休这是自然界不可逆转的规律。二是自己为官几十载，却没有什么值得赞扬的功绩。三是自己现已年老体弱，即使没有那五物，也不能再享受这不相称的荣耀。这三个理由看起来充分，合情合理，却隐藏着作者晚年想摆脱世间烦扰、寄情山水的思想。

第四段，记录文章作者、写作时间。

这篇传记采用汉赋中的主客问答方式，逐层推进文章，阐述作者渴望退休的心情和对官场生活的厌倦。文章情感充沛，语言平易晓畅。

◎轶闻异物录

涿鹿之野

涿鹿之野是四千七百多年前黄帝与炎帝进行阪泉之战、黄炎联盟与蚩尤进行涿鹿之战的地方，为中华第一古战场。在这里发生我国历史上最早、影响最深远的战争。《史记·五帝本纪》中记载：“炎帝欲侵陵诸侯，诸侯咸归轩辕。轩辕乃修德振兵，治五气，蓺五种，抚万民，度四方，教熊罴貔貅貙虎，以与炎帝战于阪泉之野。三战，然后得其志。蚩尤作乱，不用帝命。于是黄帝乃征师诸侯，与蚩尤战于涿鹿之野，遂禽杀蚩尤。”涿鹿之战后，黄帝在涿鹿“合符釜山”，定都涿鹿，开创了“千古文明开涿鹿”的千秋伟业。

相传居住在陕西的炎帝、黄帝两部族相邻而居，都比较强大。黄帝居于姬水，炎帝居于姜水。为了寻找开阔肥沃的定居之地，黄帝部族向东迁徙，东渡黄河，沿太行山千里跋涉来到了桑干河下游的涿鹿一带。与此同时，炎帝部族也相继东迁。炎帝部族沿黄河南岸向东行进，到达今山东一带，与蚩尤部族发生了战争。炎帝敌不过蚩尤，便跑到涿鹿向黄帝求助。黄帝不愿参战，两部族在阪泉打了三仗，炎帝族大败，史称阪泉之战。经过阪泉之战，炎帝归顺了黄帝，结成了以黄帝为首的部族联盟。这时蚩尤也追到涿鹿，并修筑了营寨，号称蚩尤寨，准备与炎黄联盟争一高下。黄帝炎帝部族联盟，在涿鹿之野与蚩尤部族展开了一场旷日持久的大战。

《山海经·大荒北经》是这样说的："蚩尤作兵伐黄帝，黄帝乃令应攻之冀州之野。应龙畜水，蚩尤请风伯、雨师从大风雨。黄帝乃下天女曰魃，雨止，遂杀蚩尤。"这场被后人神话了的涿鹿之战以黄帝胜利而告终。蚩尤死后，其部族一部分归顺了黄帝，一部分南下和土著的苗蛮部落合并。战后，炎、黄、蚩三部族结成一体，定居在桑干盆地，日益强大，"合符釜山"形成了中华民族的雏形。唐代大诗人胡曾在游涿鹿山时，曾对这场战争发出如下感慨：

涿鹿茫茫白草秋，轩辕曾此破蚩尤。丹霞遥映山前水，疑是成川血尚流。

丰乐亭[1]记

修既治滁(chú)之明年[2]，夏，始饮滁水而甘。问诸滁人[3]，得于州南百步之近。其上则丰山，耸然而特立[4]；下则幽谷，窈然[5]而深藏；中有清泉，滃（wěng）然[6]而仰出。俯仰[7]左右，顾而乐之。于是疏泉凿石，辟地以为亭，而与滁人往游其间。

滁于五代[8]干戈[9]之际，用武之地也。昔太祖皇帝，尝以周师破李景兵十五万于清流山下，生擒其皇甫辉、姚凤于滁东门之外，遂以平滁[10]。修尝考其山川，按其图记[11]，升高以望清流之关[12]，欲求辉、凤就擒之所。而故老皆无在也，盖天下之平久矣。自唐失其政，海内分裂，豪杰并起而争，所在为敌国者，何可胜数[13]？及[14]宋受天命，圣人出而四海一[15]。向之凭恃险阻[16]，铲削消磨。百年之间，漠然徒见山高而水清；欲问其事，而遗老[17]尽矣。今滁介江淮之间，舟车商贾[18]、四方宾客之所不至，民生不见外事，而安于畎[19]（quǎn）亩衣食，以乐生送死[20]。而孰知上之功德，休养生息，涵煦[21]于百年之深也。

修之来此，乐其地僻而事简[22]，又爱其俗之安闲。既得斯泉于山谷之间，乃日与滁人仰而望山，俯而听泉；掇幽芳[23]而荫乔木，风霜冰雪，刻露[24]清秀，四时之景，无不可爱。又幸其民乐其岁物之丰成[25]，而喜与予游也。因为本其山川，道其风俗之美，使民知所以安此丰年之乐者，幸生无事之时

也。夫宣上恩德，以与民共乐，刺史㉖之事也。遂书以名其亭焉。

◎注释

①丰乐亭：在今安徽滁州城西丰山北，为欧阳修被贬滁州后所建造的。

②明年：第二年，即宋仁宗庆历六年（1046年）。

③问诸滁人：问滁人泉水的出处。诸：兼词，相当于“之于”。

④耸然而特立：高峻挺拔地矗立着。耸然：高耸的样子。特：突出。

⑤窈然：深幽的样子。

⑥滃然：水沸腾的样子，这里为水势盛大。

⑦俯仰：这里指环顾的意思。

⑧五代：指后梁、后唐、后晋、后汉、后周。

⑨干戈：古代兵器，这里为战争。

⑩“昔太祖”五句：公元956年，宋太祖赵匡胤为后周大将，与南唐中主李璟的部将皇甫晖、姚凤会战于滁州清流山下，南唐部队败于滁州城。随后赵匡胤亲手刺伤皇甫辉，生擒皇甫辉、姚凤，夺下滁州城。清流山：在今滁州城西南。

⑪图记：指地图和文字记载。

⑫清流之关：在今滁州西北清流山上，是宋太祖大破南唐兵的地方。

⑬何可胜数：难以计算。胜：尽。

⑭及：等到。

⑮圣人出而四海一：这里指宋太祖赵匡胤统一天下。

⑯凭恃险阻：凭借险阻称霸。

⑰遗老：指经历战乱的老人。

⑱舟车商贾：坐船乘车的商人。

⑲畎：田地。

⑳乐生送死：使活着的人快乐，厚葬死去的人。语出《孟子·离娄》：“养生者不足以当大事，惟送死可以当大事。”

㉑涵煦：滋润教化。

㉒事简：事情简单。

㉓掇幽芳：指春天采摘清香的花草。掇：拾取。

㉔ 刻露：清楚地显露出来。

㉕ 岁物之丰成：原为岁物丰成，意思为指丰收之年。

㉖ 刺史：官名，宋人习惯上作为知州的别称。欧阳修此时为滁州知州，根据习惯自称为刺史。

◎译文

我来到滁州担任太守的第二年夏天，才品尝到滁州的泉水，觉得十分甘甜。于是我问大家泉水的源头地在哪，得知就在滁州南方一百步的距离。它的上面就是丰山，矗立在那高耸入云；它的下面，是幽深的山谷，深远又隐秘；中间有一股清泉，云气腾涌，不断向上涌出。我不禁上下环顾，看后只觉内心愉悦很是喜爱。于是叫人疏通泉水，凿开岩石，开拓出一片空地，在那里建造了一座亭子，而后常与滁州百姓到这里游玩。

滁州在五代混战的时候，是兵家必争的要塞之地。当年，太祖皇帝曾经在这泉水山下率领周国将领击溃李璟的十五万军队，在滁州东门外边活捉了他的大将军皇甫辉、姚凤。我曾经考察过这里的山川地貌，按照滁州地区记录的图样，登到高处来眺望清流关，想要找到皇甫辉、姚凤被擒的地方。然而当年的痕迹都已经不在了，可能因为天下一直是太平盛世的原因。自从唐朝败坏了它的政局，全国四分五裂，各地英雄豪杰们全都争相夺取天下。到处都是敌对的政权，哪里能数得清楚呢？到了大宋朝遵受天命，英才辈出而一统天下。以前那些凭靠险要的割据都被削平磨灭。短短一百年之间，一片茫然，只能看见山高水清而已；想要了解当年的事情，可是留下的那些人都已老去不在这世间了。现在的滁州地处长江、淮河之间，是坐船、行商以及四周外人到不了的地方，这里的百姓不知道外面的事情，只知道安心地耕种自给自足，自在地生活着，一直到离开人世。有谁知道这其实是皇帝平定天下的功德，让百姓在这休养生息，这样的恩惠能持续百年之久！

我来到这里之后，既喜欢它偏僻安静，政事简单，又爱这里的安闲自在。自从在山谷间找到了清泉，便经常与滁州地方百姓来这里瞭望青山，侧耳听泉；春天在这采摘野花，夏天在林荫下乘凉，在冰霜凝结、雪花飘飞时，更能彰显它的美丽俊秀。这里的四季景色，无一不令人喜爱。很庆幸正值百姓为那年大丰收而开怀，愿意与我一同游赏这风光。因为根据这里的山川风景，讲述这里的美好风俗，让百姓知道安享丰收的喜悦，是因为有幸生在这太平无战事的年代。宣扬皇上的恩德，与百姓共欢乐，是我作为刺史的分内之事。于是写下这篇名为丰乐亭的文章来为这个亭子命名。

◎创作背景

宋仁宗庆历五年（1045年）八月，“庆历新政”宣告失败，执政大臣杜衍、范仲淹等相继遭贬谪、流放。欧阳修因上书为他们辩护，也被人捏造了一个罪名，由河北都转运按察使任上被降职贬到滁州，这是欧阳修的第三次遭贬谪。滁州地方偏僻，民风淳朴，不用面对官场上的尔虞我诈，没有俗世的烦扰，这里反而让他忘却贬谪之苦，能够享受到恬静的生活，继而写下这篇《丰乐亭记》。应写于宋仁宗庆历六年（1046年）十月，到任不久之后。

◎赏析

这篇文章通过记述作者在此建丰乐亭的经过及与滁人共游之乐，表现出滁州从战乱到和平的变迁，寄托了作者对社会安定祥和局面来之不易的感慨，同时，通过描绘滁州山清水秀、风光宜人的风景，表达了作者号召统治阶层应珍惜这大好的安定局面，做到与民谋福利和与民同乐的为官理念。

第一段介绍自己建造丰乐亭的起因。首句点明时间是在自己来到滁州的第二年夏天，因爱饮清泉水不禁追溯其源头，从而发现这片幽静之地。“窈然”“耸然”“滃然”的运用为这里营造了一个极其优美的环境，有山林有幽泉这令作者喜出望外，于是在此建造丰乐亭。

第二段讲述滁州悠久的历史和独特的地理位置。用宋太祖赵匡胤生擒敌将、一统天下的历史典故，赞扬了宋朝开国皇帝的功德；又讲述自己想要瞻仰太祖皇帝当年的英武，只是物是人非，已无迹可寻；随后通过对人间沧桑的感慨，又一次颂扬了宋王朝统一国家、让百姓安居乐业的丰功伟绩。这种反复的歌颂，表明了作者内心对国家的认可和热爱，更深一步地说明了只有国家统一昌盛，百姓才能安居乐业，过上安稳幸福生活的道理。

第三段与开端相呼应，讲述百姓丰收之乐，和自己与民同游之乐的感受。在这僻静之地，民风淳朴，丰收有余，作者身为滁州太守，政事简单，无扰人之事，常与滁人一同望山看水，欣赏四季不断变换的风景。在这一段作者交错用了四个“乐”字，酣畅淋漓地表明了自己此时的愉悦情怀。

整篇文章，语句凝练而生动，文短而情深，处处流淌着丰富的情感，表达出与民同乐的政治思想观点。

◎轶闻异物录

赵匡胤

赵匡胤（927年—976年），字元朗，小名香孩儿、赵九重。涿郡人，生于洛阳夹马营（今河南省洛阳市瀍河区东关）。五代至北宋初年军事家、武术家，宋朝开国皇帝（960年—976年在位）。后周护圣都指挥使赵弘殷（宋宣祖）次子，母为杜氏（昭宪太后）。

赵匡胤于后汉隐帝时投奔枢密使郭威，投身行伍。他受后周世宗柴荣器重，于征伐南唐时屡建战功。柴荣病重时，被任命为殿前都点检，掌管殿前禁军。后周恭帝即位后不久，赵匡胤受命抵御北汉及契丹联军。

旋即在“陈桥兵变”中被拥立为帝，并回京逼迫恭帝禅位。显德七年（960年），赵匡胤登基，改元建隆，国号“宋”，史称“宋朝”“北宋”。

赵匡胤在位其间，依据宰相赵普“先南后北、先易后难”的策略，致力于统一全国，先后灭亡荆南、武平、后蜀、南汉及南唐等南方割据政权，完成了全国大部的统一。他两次“杯酒释兵权”，罢去禁军将领及地方藩镇的兵权，解决了自唐朝中叶以来地方节度使拥兵自擅的局面。除此之外，还设立“封桩库”贮藏钱、帛、布匹，以期赎回被后晋高祖石敬瑭献给契丹的燕云十六州。

宋太祖开宝九年（976年），赵匡胤逝世，享年五十岁。在位十六年，谥号英武圣文神德皇帝，庙号太祖，葬于永昌陵。大中祥符元年（1008年），加谥启运立极英武睿文神德圣功至明大孝皇帝。有诗作《咏初日》传世。

五代史伶（líng）官[1]传序

呜呼！盛衰之理，虽曰天命，岂非人事哉！原[2]庄宗[3]之所以得天下，与其所以失之者，可以知之矣。

世言晋王[4]之将终也，以三矢[5]赐庄宗而告之曰："梁[6]，吾仇也；燕王[7]，吾所立；契丹[8]，与吾约为兄弟，而皆背晋以归梁。此三者，吾遗恨也。与[9]尔三矢，尔其[10]无忘乃[11]父之志！"庄宗受而藏之于庙[12]。其后用兵，则遣从事[13]以一少牢[14]告庙，请其矢，盛以锦囊，负而前驱，及凯旋而纳之[15]。

方其系[16]燕父子以组[17]，函[18]梁君臣之首，入于太庙，还矢先王[19]，而告以成功，其意气之盛，可谓壮哉！及仇雠[20]（chóu）已灭，天下已定，一夫[21]夜呼，乱者四应，仓皇东出，未见贼而士卒离散，君臣相顾，不知所归。至于誓天断发[22]，泣下沾襟，何其衰也！岂[23]得之难而失之易欤[24]（yú）？抑[25]本[26]其成败之迹[27]，而皆自于人欤？

《书》[28]曰："满招损，谦得益。"忧劳可以兴国，逸（yì）豫[29]可以亡[30]身，自然之理也。故方其盛也，举[31]天下之豪杰莫能与之争；及其衰也，数十伶人困之，而身死国灭，为天下笑。夫祸患常积于忽微[32]，而智勇多困于所溺[33]，岂独伶人也哉[34]！作《伶官传》。

◎注释

① 伶官：宫廷中的乐官和授有官职的演戏艺人。

② 原：推究。

③ 庄宗：即后唐庄宗李存勖，李克用长子，继父为晋王，于后梁龙德三年（923 年）称帝，国号唐。同年灭后梁。同光四年（926 年），在兵变中被杀，在位仅三年。

④ 晋王：西域突厥族沙陀部酋长李克用。因受唐王朝之召镇压黄巢起义有功，而封晋王。

⑤ 矢：箭。

⑥ 梁：后梁太祖朱温，原是黄巢部将，叛变归唐，后封为梁王。

⑦ 燕王：指卢龙节度使刘仁恭。其子刘守光，后被朱温封为燕王。此处称刘仁恭为燕王，是笼统说法。

⑧ 契丹：宋时北方的一个部族。

⑨ 与：赐给。

⑩ 其：语气副词，表示期望、命令的语气。

⑪ 乃：你的。

⑫ 庙：指宗庙，古代帝王祭祀祖先之所。这里指李克用的祠，同下文的“太庙”。

⑬ 从事：官名。原指州郡长官的随从，这里指随从。

⑭ 一少牢：用一猪一羊祭祀。

⑮ 纳之：将箭收入宗庙。纳：收入；之：代指箭。

⑯ 系：捆绑。

⑰ 组：丝带，这里指绳索。

⑱ 函：木匣。此处用作动词，盛以木匣。

⑲ 先王：指晋王李克用。

⑳ 仇雠：仇敌。

㉑ 一夫：指唐庄宗同光四年（926 年）发动贝州兵变的军士皇甫晖。

㉒ 誓天断发：这里指向天发誓。

㉓ 岂：难道。

㉔ 欤：句尾表示疑问的语气助词。

㉕ 抑：表转折的连词，相当于“或者”“还是”。

㉖ 本：作动词，考究。

㉗ 迹：事迹，道理。

㉘《书》:《尚书》。

㉙ 逸豫：安逸舒适。

㉚ 亡：灭亡。

㉛ 举：所有。

㉜ 忽微：形容细小之事。古代忽是寸的十万分之一，微是寸的百万分之一。

㉝ 溺：溺爱，对人或事物爱好过分。

㉞ 也哉：语气词连用，表示反诘语气。

◎译文

唉，世间兴衰的道理，虽说是命中注定的，可难道就不是人事的原因了吗？这从后唐庄宗李存勖能够得取天下，与他失去天下的原因，就可以看出来了。

世人传说晋王临死时，赐给庄宗三支箭，并且告诫他说："梁国，一直都是我的敌对国，燕王，是在我的帮助下登位的，契丹，与我一直情同手足，可是他们全都背叛晋国归顺了梁。这三件事使我留下遗恨。我给你三支箭，你可千万别忘了你父亲想要报仇的遗志！"庄宗收下箭藏在祖庙里。从那以后，庄宗只要出兵打仗，便派手下的随从官员，用猪羊去祭告祖先，从宗庙里恭敬地取出箭来，装在漂亮的丝织口袋里，使人背着在军前开路，等打了胜仗回来，仍旧把箭收进宗庙里。

当他用绳子捆着燕王父子，用木盒装着梁国君臣的头颅，再次走进祖庙，将箭交还到晋王的灵座前，告诉他生前报仇的志向已经完成，那时的他意气风发，是何等的威风呀！等到仇敌全部消灭，天下统一的时候，一人在夜里发难，四面八方的乱贼纷纷响应，庄宗忙乱仓皇地向东出兵，还没看见贼人，将士们就已四下逃散，君臣们茫然相望，不知道要往哪里跑。最后割下头发对天起誓，眼泪湿了衣襟，是多么的可怜呀。难道说是因为取得天下难，而失去天下容易才会败落到这个地步？还是推敲他成功失败的原因，都是由于人事呢？

《尚书》上说：“自满会招来损害，谦虚能得到益处。”忧劳可以使国家变得强盛，沉迷于安乐就会自取灭亡。这是自古以来的道理。当他变得强盛时，全天下的英雄豪杰都不能与之争锋；当他变得衰弱时，几十个乐官都能将他围困，以致身死国灭，被全天下人嘲笑。那些祸患常常都是容易忽略的小事积累起来的，即使是智勇双全的人也会沉溺于某种爱好之中，逐渐陷于困顿之境。难道只有沉溺于玩乐这一个原因吗？于是我写下《伶官传》。

◎创作背景

宋仁宗庆历元年(1041年),在国家处于内忧外患之际,以王伦、李海等为首的百姓暴动接踵而起，西夏又侵扰西北边境，屡次打败宋军。欧阳修与范仲淹等人针对当时的弊政，力图实行政治改革，挽救北宋王朝的危机，却接二连三地遭到当权派的打击。在这种情况下,欧阳修很担心五代时期国家混乱、民不聊生的局面再次重演,基于惨痛的历史教训,于是自己动手,撰成了七十四卷《新五代史》,并作此序，希望宋朝统治者以史为鉴，吸取历史教训，居安思危，励精图治。

◎赏析

这篇关于五代时期的历史事件和历史人物的评论性文章，借对五代的点评，表达自己的观点，并想让当权者清醒认识到“忧劳可以兴国，逸豫可以亡身”“祸患常积于忽微，而智勇多困于所溺”的历史教训，可谓寄语深长，发人深省。此文通过对五代时期的后唐盛衰过程的具体分析,推论出“忧劳可以兴国，逸豫可以亡身”和“祸患常积于忽微，而智勇多困于所溺”的结论，说明国家兴衰败亡不由天命而取决于“人事”，借以告诫当时北宋王朝执政者要吸取历史教训，居安思危，防微杜渐，力戒骄侈纵欲。

第一自然段，提出论点，直抒胸臆，表达自己的观点，即“盛衰之理，虽曰天命，岂非人事哉”，用一兼带感叹语气的反诘句道出了此文的中心论点，可谓立论鲜明，催人警醒，又具有论战性，一反当时流行的宿命论的历史观。紧接着以“原庄宗之所以得天下，与其所以失之者，可以知之矣”，表明作者将列举庄宗得失天下的史例作为论据，对上述论点加以论证。为下文讲述庄宗的成败作铺垫，结构自然流畅。

第二自然段，用历史故事从正面来佐证自己的观点。这一段重点讲述庄宗背负仇恨而所向披靡的故事。以洗练的文字、沉挚充沛的感情、抑扬顿挫的语调、纵横捭阖的气势加以叙述。据说，晋王李克用与梁王朱温结仇极深。燕国、契丹素来与晋国交好，本约好一起攻打梁国，却在关键时刻背叛晋王，投靠梁国，这样的屈辱，使得晋王无法原谅，留下遗愿，要庄宗复仇。李存勖兵精将勇，带着三支箭东征西讨，即使取得胜利也不敢懈怠。一直到平定天下，才将带着晋王遗志的箭交回宗庙。

第三自然段，继续用历史故事从反面来论证自己的观点。写庄宗一统天下后，骄傲自满，宠信伶官，纵情声色，使民怨沸腾，众叛亲离，在位仅三年就死于兵变之中。在叙述这段史事的过程中，作者采用先扬后抑的手法，通过一盛一衰的对比，一褒一贬的抒情，给人以强烈的碰撞感、落差感，引起读者心灵的震颤，增强了论点的说服力。末尾的“岂得之难而失之易欤？抑本其成败之迹，而皆自于人欤”与首段相呼应，论证了其“盛衰之理，虽曰天命，岂非人事哉”的观点。

第四自然段，由叙事转入论理，论证步步深入，其立意也层层递进。作者首先通过引用《书》中“满招损，谦得益”的道理，来论证自己“忧劳可以兴国，逸豫可以亡身”的观点。并再次简述庄宗由盛转衰、骤兴骤亡的过程，以史实具体论证主旨。兴与亡、盛与衰前后对照，强烈感人，引人深思。“夫祸患常积于忽微，而智勇多困于所溺，岂独伶人也哉！作《伶官传》”。结尾说明自己写这篇文章的意义，并非就史论史，而是以庄宗之事，向当代延伸，告诫统治者要以史为镜，谨慎入微，不能被暂时的繁荣所迷惑，要时刻有居安思危的内心，为更深远的发展考虑。

整篇文章构思精巧，结构严谨，论证透辟，层层递进，笔力雄健而有气势；从语言上看，既摒弃了骈文追求辞藻华丽矫揉的浮靡之风，注重文字的平易晓畅，简洁生动，又吸取了骈文的长处，利用声韵和对偶词句使文章具有浓郁的诗的韵味，诵读起来，抑扬顿挫，朗朗上口，令人进入美的意境，感受到充溢于字里行间的思想感情。篇幅虽短，却是一篇不可多得的政论佳作。

◎轶闻异物录

宗　庙

帝王祭祀祖先的宗庙称太庙，按周制，位于宫门前左（东）侧。

文献记载，古代宗庙，是每庙一主：唐夏五庙，商七庙，周亦七庙；汉代则不仅京城立庙，各郡国同时立庙，于是其数达一百七十六所，和后来天子宗庙仅太庙一处的制度很不相同。

后来太庙成为明清皇帝祭祀先祖的地方，每年都要进行祭祀。宫廷祭祀共八十多种，分为大祀、中祀和群祀三个等级。大祀为皇帝亲自祭拜；中祀一部分是皇帝亲祀，大部分是分派官员祭祀；群祀就是官员代替皇帝去祭祀。

卖油翁

陈康肃公[①]善射[②]，当世无双，公亦以此自矜[③]（jīn）。尝[④]射于家圃[⑤]（pǔ），有卖油翁释担[⑥]而立，睨[⑦]（nì）之，久而不去。见其发矢[⑧]十中八九，但微颔（hàn）之[⑨]。

康肃问曰："汝亦知射乎？吾射不亦精乎？"翁曰："无他[⑩]，但手熟尔[⑪]。"康肃忿（fèn）然[⑫]曰："尔安[⑬]敢轻吾射[⑭]！"翁曰："以我酌（zhuó）油知之[⑮]。"乃取一葫芦置于地，以钱覆[⑯]其口，徐[⑰]以杓酌[⑱]油沥之[⑲]，自钱孔入，而钱不湿。因曰："我亦无他，惟[⑳]手熟尔。"康肃笑而遣之[㉑]。

此与庄生所谓解牛斫轮[㉒]者何异？

◎注释

①陈康肃公：陈尧咨，字嘉谟，宋代官员、书法家，北宋阆州阆中人。公：旧时对男子的尊称。

②善射：擅长射箭。

③自矜：自负；自夸。

④尝：曾经。

⑤家圃：家里（射箭的）场地。圃：园子，这里指场地。

⑥释担：放下担子。释：放。

⑦睨：斜着眼看，形容不在意的样子。

⑧矢：箭，用弓或弩进行发射，结构上分为箭镞、箭杆、箭羽。

⑨但微颔之：只是微微对此点头，意思是略微表示赞许。但：只、不过。颔：点头。之：指陈尧咨射箭十中八九这一情况。

⑩无他：没有别的（奥妙）。

⑪但手熟尔：不过手熟罢了。熟：熟练。尔：同"耳"，相当于罢了。

⑫忿然：气愤或生气的样子。然：作形容词或者副词的词尾，相当于"的"或"地"。

⑬安：怎么。

⑭ 轻吾射：看轻我射箭（的本领）。轻：作动词用，意为看轻。

⑮ 以我酌油知之：凭我倒油（的经验）知道这个（道理）。以：凭、靠。酌：斟酒，这里指倒油。

⑯ 覆：遮盖。

⑰ 徐：缓慢地。

⑱ 杓酌：杓同“勺”。指用勺倒油。

⑲ 沥之：注入葫芦。沥：注。之：代指葫芦。

⑳ 惟：只，不过。

㉑ 遣之：让他走，打发。

㉒ 解牛斫轮：这里指两个典故。解牛：指的是庖丁解牛，说的是名叫庖丁的人在梁惠王面前表演将牛分解，技艺娴熟且丝毫不损伤用刀，但表达的是一个养生的道理。斫轮：指的是轮扁斫轮，讲一位手艺人用自己的亲身经历劝谏正在看书的齐桓公，想要告诉齐桓公治理国家应通过身体力行去实践，而不是光靠死记硬背一些大道理就能国泰民安的。

◎译文

康肃公陈尧咨擅长射箭，他的箭法在当时天下第一，无人可比，他也就凭着这种本领而自夸。曾经有一次，他在家里射箭的场地射箭，有个卖油的老翁放下担子，站在那里斜着眼睛看着他，很久都没有离开。卖油的老头看他射十箭中了八九箭，只是微微点点头。

陈尧咨见状问卖油翁：“你也懂得射箭吗？我的箭法还不算是很高明的吗？”卖油的老翁说：“没有别的奥妙，不过是手法熟练罢了。”陈尧咨听后气愤地说：“你怎么敢轻视我射箭的本领呢！”老翁说：“凭我倒油的经验就可以懂得这个道理。”于是拿出一个葫芦放在地上，把一枚铜钱盖在葫芦口上，慢慢地用油杓舀油注入葫芦里，油从钱孔注入而钱却没有湿。老翁于是说：“我也没有别的奥妙，只不过是手法熟练罢了。”陈尧咨笑着将他送走了。

这个道理和庄子所讲的庖丁解牛、轮扁斫轮的故事又有什么区别呢？

◎创作背景

《卖油翁》选自《欧阳文忠公文集·归田录》，这是欧阳修所著的别集，共一百五十三卷，附录五卷。《归田录》是其中的一卷。

陈尧咨性情刚戾，但办事决断。他做地方官时注重水利，知永兴军（今陕西）时，发现长安饮水十分困难，便组织人力，疏通了龙首渠，解决了人民的生活用水问题。但陈尧咨为人盛气凌人，为政“用刑惨急，数有杖死者”。

宋英宗治平四年（1067年），欧阳修再次遭蜚语中伤，自请外任，这一卷是在出知亳州时作的，记载了关于陈尧咨的一个故事。欧阳修想通过这件小事，表达熟能生巧的道理。

◎赏析

本文记述了陈尧咨射箭和卖油翁酌油的事，通过卖油翁自钱孔滴油技能的描写及其对技能获得途径的议论，说明本领不是天生就有的，它需要经过勤奋的努力才能获得，正所谓“业精于勤”，只要肯下功夫，努力钻研不放弃，就一定会熟练掌握它的奥秘，达到应用自如的程度。

第一段：写陈尧咨善射，卖油翁略表赞许。文章开头就对陈尧咨做概括介绍，他“善射”，“当世无双”而“以此自矜”，既突出了他射箭技术的熟练，又写出他沾沾自喜的骄矜态度。卖油翁“释担”“久而不去”，表明他被陈尧咨射箭所吸引，想看个究竟。看见陈尧咨射箭“十中八九”，只是微微地点了点头。“睨之”“微颔”是对人物神态的描述，准确而传神，既表示对陈尧咨熟练的射箭技术的肯定，又写出他尚有不满意的静观神情。这里以极其精练的笔墨提出了矛盾，在读者心中产生了悬念，自然地引出了下文。

第二段：写卖油翁自钱孔沥油。康肃公一贯“自矜”，对卖油老头对其箭术所表示的不以为然的态度，是不会轻易放过的，自然要追问：“汝亦知射乎？吾射不亦精乎？”卖油老头回答：“无他，但手熟尔。”康肃公一时还不明白其中的道理，反认为是“轻吾射”，至此矛盾更加激化，卖油老头只好现身说法“以我酌油知之”。接着作者连用“取”“置”“覆”“酌”“沥”几个动词，井然有序而又十分简洁，十分准确地描述了卖油翁沥油的过程，表现了他沉着镇静、从容不迫的态度。作了一番铜孔沥油的表演后，卖油老头稀松平常说道：“我亦无他，惟手熟尔。”这个回答很重要，既回答了并非“轻吾射”，又表达出一种谦逊的态度。康肃公心中豁然开朗，由“忿然”到“笑而遣之”。一个“笑”字，也是传神之笔，无须多加笔墨，就表示出陈尧咨从卖油翁的行动中受到启示并心悦诚服；“笑而遣之”，这样处置，也符合陈尧咨的身份，简洁、含蓄，发人深省。

这篇文章并没有高谈阔论，只是记叙卖油翁与陈尧咨对答和卖油翁酌油的经过，来说明道理，详略得当；并运用反衬手法，将卖油翁谦虚朴实的美德和陈尧咨稍有成绩就自夸自傲的形象形成强烈的对比，突出文章的重点，使之通俗易懂，成功地将熟能生巧这个大道理用一个生动的小故事加以阐释，达到了发人深省的目的。

◎轶闻异物录

陈尧咨

陈尧咨（970 年— 1034 年），宋代官员、书法家。字嘉谟，北宋阆州阆中人。陈省华第三子，陈尧叟、陈尧佐弟，宋真宗咸平三年（1000 年）状元；其兄陈尧叟，是宋太宗端拱二年（989 年）状元。两人是中国科举史上为数不多的兄弟状元，倍受世人称颂。

宋真宗景德三年（1006 年），陈尧咨当了考进士的考官，因帮三司使刘师道的弟弟刘几道作弊而获罪遭贬。天禧二年（1018 年），宋真宗又派陈尧咨参阅进士考试的试卷。天禧三年，有人揭发钱惟寅对官员的考核不公正，皇上命陈尧咨参与审查钱惟寅的考核情况。后累官至翰林学士兼龙图阁学士、右谏议大夫。

陈尧咨在为翰林学士时，家里有一匹恶马，蹄踢嘴咬伤了很多人。一天他父亲陈谏议到马房没有看到这匹马，问养马人，回答说：“内翰（陈尧咨）卖给商人了。”谏议马上对陈尧咨说：“你是朝廷的贵臣，跟随你的人有这么多，还是没有办法制服这匹马，一个经年累月都在外面跑的生意人能够养这样的马吗？你这是嫁祸给别人。”陈尧咨听后很羞愧，于是亲自找到那个买马的商人说明了原因，把钱退给了买马的人，把马牵了回来，一直把那匹马养到老死。

陈尧咨去世后，朝廷加赠他太尉官衔，赐谥号“康肃”。

欧阳修大事记

1. 宋真宗景德四年（1007年），一岁。生于绵州（今四川绵阳）。
2. 宋真宗大中祥符三年（1010年），四岁。父亲欧阳观去世，与母亲郑氏相依为命，到湖北随州去投奔欧阳修的叔叔欧阳晔。
3. 宋真宗大中祥符九年（1016年），十岁。从随州大姓李氏家中得到唐代诗人韩愈的《昌黎先生文集》六卷，为其成年后开创诗文革新运动播下了种子。
4. 宋仁宗天圣元年（1023年），十七岁。第一次应试未中。
5. 宋仁宗天圣四年（1026年），二十岁。再试，又落榜。
6. 宋仁宗天圣六年（1028年），二十二岁。跟随知汉阳军的胥偃前往京师。
7. 宋仁宗天圣七年（1029年），二十三岁。由胥偃保举，就读于开封府最高学府国子监。同年秋，参加国子监的解试。在国子学的广文馆试、国学解试中均获第一名，成为监元和解元；又在第二年的礼部省试中再获第一，成为省元，也算是"连中三元"。
8. 宋仁宗天圣八年（1030年），二十四岁。前往京都汴梁参加由宋仁宗赵祯在崇政殿举行的殿试。殿试放榜后，被仁宗唱十四名，位列二甲进士及第。后来据当年的主考官晏殊回忆，欧阳修未能中举是因为年轻气盛，锋芒毕露，考官们想要磨炼他，助他成才。同时，被恩师胥偃定为女婿。
9. 宋仁宗天圣九年（1031年），二十五岁。从河南抵达洛阳，任西京（洛阳）留守推官。与梅尧臣、尹洙结为至交，互相切磋诗文。同年，在东武县迎娶新娘胥氏，成为恩师胥偃的乘龙快婿。
10. 宋仁宗景祐元年（1034年），二十八岁。自京都汴梁召试学士院，授任宣德郎，后回京做了馆阁校勘，参与编修《崇文总目》。
11. 宋仁宗景祐三年（1036年），三十岁。因呼吁政治革新而触犯既得利益者，受到保守派的打击，被贬为夷陵（今湖北宜昌）县令。
12. 宋仁宗康定元年（1040年），三十四岁。被召回京，复任馆阁校勘，编修崇文总目，后知谏院。
13. 宋仁宗庆历三年（1043年），三十七岁。被任命为右正言、知制诰。与范仲淹、韩琦等人推行"庆历新政"，成为革新派的中枢干将，共同提出改革吏治、军事、贡举法等主张。但在守旧派的阻挠下，新政又遭失败。

14. 宋仁宗庆历四年（1044 年），三十八岁。因“庆历新政”的失败，被贬为滁州（今安徽滁州）太守。后又改知扬州、颍州（今安徽阜阳）、应天府（今河南商丘）。在滁州，欧阳修写下了不朽名篇《醉翁亭记》。
15. 宋仁宗皇祐元年（1049 年），四十三岁。重返京都汴梁，先后任翰林学士、史馆修撰等职。
16. 宋仁宗至和元年（1054 年）八月，四十八岁。又遭诬陷被贬。命令刚刚下达，宋仁宗就后悔了，等欧阳修上朝辞行时，仁宗亲口挽留：“别去同州了，留下来修《唐书》吧。”于是，欧阳修以翰林学士留朝，开始修撰史书。与宋祁同修《新唐书》，又自修《五代史记》即《新五代史》。
17. 宋仁宗嘉祐二年（1057 年），五十一岁。在京都汴梁任礼部贡举的主考官，以翰林学士身份主持进士考试，录取苏轼、苏辙、曾巩等人，对北宋文风转变产生很大影响。
18. 宋仁宗嘉祐三年（1058 年）六月，五十二岁。以翰林学士身份兼龙图阁学士、权知开封府。
19. 宋仁宗嘉祐五年（1060 年），五十四岁。拜枢密副使。次年任参知政事。后又相继任刑部尚书、兵部尚书等职。
20. 宋英宗治平二年（1065 年），五十九岁。上表请求外任，不准。此后两三年间，因被蒋之奇等诬陷、诽谤，多次辞职，都未得允准。
21. 宋神宗熙宁二年（1069 年），六十三岁。王安石实行新法。欧阳修对青苗法有所批评，且未执行，退隐之意渐浓。
22. 宋神宗熙宁三年（1070 年），六十四岁。除任检校太保、宣徽南院使等职，坚持不受，改知蔡州（今河南汝南县）。此年改号“六一居士”。
23. 宋神宗熙宁四年（1071 年），六十五岁。六月，以太子少师的身份辞职。隐居颍州（今安徽阜阳）。
24. 宋神宗熙宁五年（1072 年），六十六岁。闰七月二十三日，在家中（安徽颍州）逝世。八月，获赠太子太师。
25. 宋神宗熙宁七年（1074 年）八月，获赐谥号“文忠”。熙宁八年（1075 年）九月，安葬于开封府新郑县旌贤乡。元丰三年（1080 年）十二月，特赠太尉。元丰八年（1085 年）十一月，加赠太师，追封康国公。绍圣三年（1096 年）五月，再追封兖国公。崇宁三年（1104 年），改封秦国公。政和三年（1114 年），改封楚国公。